女魔王ですが、生贄はせめてイケメンにしてください

MOON DROPS

第一章　女魔王と生贄《いけにえ》の騎士

魔王こと、魔王国の女王ルチアは、薄い布で囲まれた玉座に腰を下ろし隣国からやってきた使節団の様子を眺めていた。

少し前に、北にある人間の国――タウバッハ国は、無謀にも魔族が暮らすこの国に攻め入ろうとした。魔族はそれを迎え撃ち、見事撃退したのである。

つまりルチアは、謝罪と賠償交渉のためにやってきた使節団を迎え入れたところだった。

タウバッハの使節団は、代表者である大使、その補佐をする文官が二人、護衛の騎士が四人、それからなぜか若い女性が五人という一行だった。

「――ですから、我々としてはこの不幸なすれ違いにより、両国が再び争い合うという愚行を繰り返してはならないという決意を胸に抱き、魔王陛下におかれましても我らとの争いがいかに不毛であるかを十分に――」

「長いな。なにが不幸なすれ違いなのだかさっぱりわからないが……」

ルチアはボソリとつぶやいてから、あくびをした。

膝に乗せていた白い子犬オルトスの柔らかい毛を撫《な》でていても、退屈を紛らわすのは限界だった。

タウバッハは、魔王国で産出される金鉱石、魔力を込めた水晶、それから武器の材料となる魔物の牙などがほしくて、難癖をつけて国境を侵そうとしたのだ。

それを「不幸なすれ違い」と表現するのは図々しいにもほどがある。

魔族からすれば、自分たちと人間の基本的な差は魔力の有無だけという認識である。

けれど人間――とくにタウバッハの者たちは魔族に対する差別意識が強く、忌むべき存在だと考えているらしい。

だから、正当な理由もなく魔族が住まうこの地を荒らすことになんのためらいもなかったのだ。

むしろ、魔族を根絶やしにするのが正義であると信じているのだろう。

圧倒的な力の差を見せつけられ、魔王国への侵攻をあきらめても、「魔族になど謝罪したくない」という大使の内心が透けて見えた。

「……あの騎士」

退屈に耐えられなくなったルチアは、大使以外の人間たちに視線を向けた。すると、護衛騎士の一人と目が合った気がした。

布の織り方と光の加減により、相手からは玉座の中がよく見えない仕組みだ。だからもちろん目が合ったというのは彼女の気のせいだ。

「陛下、どうなさいましたか？」

布で隔てられたすぐ横にいる女官アッドロラータがルチアのひとり言に気がついて声をかけてくる。

魔王は他国の人間に容易《たやす》く姿を見せてはならないしきたりがある。人間と直接言葉を交わすのも、信頼している者のみだ。

玉座の横に立つ女官は、ルチアの言葉を使者に伝える役目を持つ。

姿と声を隠す理由は、魔王一族がその名から与える印象とは異なる外見をしているからだ。

ルチアは現在二十歳で、隠居した父からその座を譲られたばかりだった。

魔王一族は水を操る強い力を持つ。

銀糸を青で染めた色合いの髪に深い青色の瞳をしている。それ以外の特徴はほぼ人間と同じで、体つきは華奢だった。

濃いめの化粧でごまかしても、人間基準では二、三歳若く見られてしまう。これは始祖から受け継いだ特徴で、代々老けにくい体質だった。

いつまでも美しくいられるのは利点だが、魔王としての威厳を損なう恐れがある。

だから敵国の人間にはその能力も姿もできるだけ明かさずにいる。

「なんでもない。人間にしては見目麗しいと思っただけだ」

ルチアが気になった騎士は、明るい茶色の髪にグリーンの瞳をしている二十歳過ぎくらいの青年だった。

魔王国には不思議な力を持つ様々な種族がいる。外見に関しても種族ごとに特徴があり、よくも悪くも濃いのだ。

例えば玉座の隣に立つ女官のアッドロラータは、豹の獣人だ。褐色《かっしょく》の肌に黒い髪、金色の瞳。黒い耳はふさふさで祖先の特徴が色濃く残っている。

ルチアの護衛も兼ねているので身体は鍛え上げられているのに、女性らしい曲線美の魅惑的な外見をしている。

ほかにも、竜族ならば普通の人間の二倍近い身長だし、有翼人もいる。

髪や目の色、肌の色、体格――魔族が個性的だからほとんどの人間が無個性に見え印象に残らない。

けれど、ルチアはなぜだか騎士から目が離せなくなった。

騎士は、人間にしては長身で、たくましい体つきをしていた。謁見用の白の隊服が清潔そうで、優しげな風貌の青年だ。

確かに顔は好みだ。けれど所詮人間。どこかほかのものと大きく違うかと問われれば、思いつかない。ルチアは彼のなにが気になるのかが自分でもわからず、相手から見えないのをいいことに、観察を続ける。

「ゴホンッ！」

大使の話を聞かず、玉座の中でやりたい放題の主人を、アッドロラータがたしなめる。

彼女の黒い尻尾が床をパシパシと打つのは、機嫌が悪い証拠だ。

幼い頃から仕えてくれているので、ルチアにとっては姉のような存在だ。怒らせると怖いのは重々承知していた。

「……アッドロラータ。あの長いだけで中身のない無駄話をやめさせよ。わたくしが聞きたいのは、提示した和解案を受け入れるかどうかだけだ」

ルチアは急に魔王らしい態度を取る。

魔王国は人間の国との交流を制限している。一部の国との交易はあるものの、長く鎖国政策を続けていた。

ルチアとしては、その政策を変える気はなく、相手が噛みついてこないのならそれだけで十分だった。

ただ、なにも要求しないと侮られてしまう。だから一方的な言いがかりで戦を起こそうとした賠償として、タウバッハに金を要求しているのだ。

「かしこまりました」

アッドロラータはルチアに一礼をすると大使に向き直り、はっきりとした声で主人の言葉を伝える。

「使者殿。魔王陛下はお忙しい。……挨拶はよいから停戦の条件を呑むか呑まないかだけをお聞かせいただきたい！」

「……それは、その……ですが、こちらも魔獣の被害により……」

二国間の国境は、高い山脈によって分けられ、深い森に取り囲まれている。

タウバッハの人間たちは、国境付近を開拓しようとして、森に入った者たちが魔獣に襲われた。

確かに尾根より北側はタウバッハの領土だが、実際には魔に属するものしか住めない場所だ。森の奥深くに足を踏み入れるなど、あまりにも無謀な行動だった。

人間たちは、魔獣被害は魔王国の陰謀だったとして開戦に踏み切った。

「何度説明すれば理解するのでしょう。獣に魔力があろうとなかろうと、あれらは我らの管理下にはないのだと。大使殿のお国では国境付近の害獣にも国籍を与えているのですか？」

「それは……だが、魔に属するものですぞ！」


――グルゥウウウ……。


大使の反論を遮るように、低い獣の鳴き声が謁見の間に響き渡る。

それはルチアの膝の上に乗っている子犬から発せられたものだ。

話の通じない者を相手にしなければならないルチアやアッドロラータの苛立ちに反応し、加勢するつもりなのだろう。

見た目と一致しない鳴き声で、大使を威嚇したオルトスは、主人の膝の上から降り、鼻先を使って布の隙間から外へと出る。

そして、あっという間に巨大化した。

「……ひっ！」

大使と同行している女たちが悲鳴を上げた。

白く美しい毛並みを持つオルトスは、ルチアのペットであり、魔犬だった。

「馬だと思えば怖くないのにな……」

ちょうどそれくらいの大きさである。よく主人の言うことを聞く、賢い動物だ。昼寝用のベッドにもなるし、背中にも乗せてくれる頼れる相棒だった。

大型の魔獣を従えていることにより〝魔王っぽさ〟を演出しているのに、実際に愛犬が他者から怖がられると主人としては傷つくものだ。

大使と女たちは後ずさり、護衛騎士の後ろに身を隠す。騎士たちも一人を除いて動揺を完全に隠すことはできていなかった。それでも任務に忠実であろうとする姿勢はすばらしい。

たった一人――先ほどからルチアが気になっている騎士だけは微動だにせず、むしろ積極的にオルトスを観察している。

そんな反応もルチアには新鮮だった。

そのあいだも、アッドロラータが魔獣についての説明を続ける。

魔力を持っているかいないかという違いだけで、森に住む魔獣は人間の森に暮らす野生動物と変わらない。

森に住む魔獣のなかでも、知能が高く穏やかな魔獣をしつけて飼育することはある。けれど、野生の魔獣はもともと魔族の管轄下にはない。

大型の魔獣によって魔族の村が襲われたら、魔王軍を派遣することだってあるのだ。

「今まで何度も、森を切り拓こうとした結果だとお教えしたはず。……少なくとも、先代のアークライト辺境伯は森の特性を理解されていたというのに」

アッドロラータの説明は、淡々としていた。

人間たちにはあえて教えずにいるが、魔の特性を持つ者は魔王国の外では暮らしにくい。水のある場所でしか暮らせない生物がいるのと同じで、魔の特性を持つ者はこの地から湧き出る魔力を糧に生きている。

この地で生まれ、この地から遠く離れた場所では安らかに生きられない。それが魔王国が他国に攻め入らない理由だった。

魔獣も同じ性質を持っている。

森を出て、人間の村を襲う魔獣は確かに存在する。

群れから追い出されたのかもしれないし、餌が不足していたのかもしれない。けれど長く留まることはない。

タウバッハの国境を守るのはアークライト辺境伯の一族だ。先代まではそういった魔獣の生態をしっかりと理解して、魔族とも積極的に情報共有を行っていたのに。

それがおかしくなったのは、代替わりをした十二年前のことだ。

「で……で、でしたら……、友好の証として我が国の高貴なる身分の娘を一人、陛下に献上いたします。それでどうか、交渉の機会を賜りたく」

魔族側にも非があったとして、賠償金の引き下げを狙っていたらしい大使は、次の一手に出た。

女たちは、賠償金の値下げの材料としてここまで連れてこられたのだ。

恐ろしい魔王に処女を散らされて、慰み者になる未来を想像しているのだろうか。それとも、八つ裂きにされて血肉を啜《すす》られ、生贄《いけにえ》となる姿を思い浮かべているのだろうか。

五人とも震え、身を寄せ合い、顔を見られないように俯いている。二人はすでにポロポロと涙を流していた。

「フフッ、生贄か……。それとも妃にしろとでも？」

ルチアはアッドロラータに目配せをして、意思を伝えさせる。

「使者殿はなにか思い違いをしているのではないか？　まさかその娘たちを生贄として捧げるつもりなのか？」

「すべて、陛下のお望みのままに。夜のお相手を務めさせるもよし、血肉を啜っても……。娘たちは全員、良家の出身でもちろん乙女でございます。タウバッハのため、魔王国との友好のため、喜んでその身を魔王陛下に捧げましょう」

布の内側にいるルチアにも伝わるくらいニヤニヤと、いやらしい笑みだった。

「そのような者はいらない。第一、わたくしにどうせよと言うのだ？　震えているではないか。生贄ならば、せめて美青年《イケメン》にしてくれないだろうか！　――大使にそう伝えよ」

段々とルチアの苛立ちが限界に近づく。大きくなる声をオルトスのうなり声が上手に隠してくれる。

確かに、魔王国では婚前交渉が普通に行われているし、種族によっては一夫多妻やその逆も認められている。

性に対し、タウバッハよりも奔放な考えではあるが、下品な思い込みで娘を献上されても不快なだけだった。

「魔王陛下はそのような者を受け取りませぬ。陛下の伴侶になりたいと望む魔族はごまんといるのだから。生贄も不要だ」

アッドロラータは「せめて美青年にして」の部分を除いて、言葉を選びながら代弁した。

それでも大使に引き下がる様子はなかった。

「我が国王からの友好の証を受け取らないという意味にございますか？　正式な妃に迎えていただきたいわけではないのですよ」

プツリ、とルチアの中で堪忍袋の緒が切れた。

「あぁ、もう！　面倒な。友好だと？　一方的に攻め入ろうとした者どもが聞いてあきれる。そなたは友好を結ぼうとする国の長がどのような者か、調べようとしないのだな」

ルチアは就任したばかりの魔王で、経験不足なうえに少々短気だった。

段々と人を介してのやり取りが煩わしくなり、立ち上がり声を荒らげる。

姿は見せなくても、声を聞かせるだけで、大使が大きな過ちを犯していることを悟らせたかったのだ。

女王が統べる国で、タウバッハの大使は女性をもののように扱ったのだから。

「女⁉　……いや失礼。女王陛下であらせられましたか！」

「わたくしにそのような貢ぎ物は不要だ。怖がり、震えている若い娘をこの場に置き去りにするなどと……人間とはなんと残酷な生き物なのだろうか。……必要なのはこちらの条件を受け入れるか、否か、それだけだ」

ルチアが強い口調で言い放つと、オルトスの咆哮《ほうこう》が続く。高く幼い印象になってしまう声色も、賢い魔犬の加勢があればごまかせた。

「ですが……それでは国へ戻れませぬ。なにとぞ、なにとぞ」

「フン。そなたが戻れなくても我が国は困らぬ。だが、……そうだな、だったらそこの騎士――」

姿を隠しているルチアの代わりに、オルトスが騎士の前に立ち、「そこの騎士」が誰を指すのか相手に伝える。

「――そなたのような見目麗しい男ならば、男妾にしてやってもよいぞ？」

「だ、男妾？　誇り高きタウバッハの騎士になんと無礼な」

言われた本人ではなく、大使が顔を真っ赤にして憤る。

タウバッハは男性優位の考えが根強いとルチアも知っていた。

隊服の装飾から判断すると、茶色の髪の青年は、四人の騎士の中で最も位が高いはず。そして、その立ち居振る舞いから察するに、おそらく貴族だ。

名誉ある騎士、貴族の青年にとってこれほどの屈辱はないだろう。あえて受け入れられるはずのない提案をしたのは、無礼な大使への嫌がらせだった。

「どうだ？　そなたがここに残り、わたくしを楽しませてくれるというのなら、賠償額を一割引き下げてやらんでもない……フフッ」

魔王国の重鎮たちを集めて行われた事前の会議では、損害に迷惑料を上乗せした額を算出している。

そして今回、タウバッハへはそれよりもさらに三割水増しした金額を提示した。最初から最低金額を提示するのは正直すぎるというものだ。

相手国の大使からすれば「条件を丸呑みにしてしまいました」では、帰国できない。それは当然魔王国としても承知していた。

気に入らない相手ではあるのだが、大使に「交渉した結果、減額を勝ち取りました」という成果を与えるのは既定路線だった。

けれどルチアは、あまりに腹が立ったので相手が呑めそうにない条件を提示してしまった。

これにはお目付役であるアッドロラータもあきれている。

しかもルチアは魔族にしては身持ちが堅く、伴侶——つまり王配選びに慎重だった。恋人もいなければ、男妾を侍らす趣味もない。

魔王や魔王国は、人間たちに畏怖を与え、この地に攻め入る気を相手から奪っている。だからルチアの今の発言は、魔王としては間違っていない。それでも理想の魔王像を守ろうとして、自分が望んでもいない提案をしてしまったのは失敗だった。

「……身に余る光栄でございます。私でよろしければ喜んでお受けいたしましょう」


シーン、と謁見の間が静まりかえる。


「は……？」

しばらくの沈黙のあと、ルチアは魔王らしからぬまぬけな声を出してしまった。

「申し遅れました。私はタウバッハの騎士、ヴォルフ・レーヴェンと申します。どうぞ末永く、おそばに侍ることをお許しください」

そう言ってから、彼は跪《ひざまず》き、忠誠を示す騎士の礼をした。

◇　◇　◇

口は災いのもとである。ルチアが反省してももはや手遅れだ。

タウバッハの使者たちは交渉の結果に満足し、文官レベルでの手続きを済ませるために、謁見の間から足早に出ていった。

一行は賠償金の一割減額という大筋の合意を得たため、本日中にタウバッハへの親書を携えて、帰国する予定となった。


ただ一人、ヴォルフ・レーヴェンを残して……。


ヴォルフは子爵家の三男で、騎士だという。

さすがに「男妾」という肩書きはいただけない。ルチアが予想外の展開に動揺し黙り込んでいるうちに、アッドロラータが機転を利かせ、〝連絡役の騎士〟という外交官に準ずる肩書きをその場で用意した。

「まったく信じられない！」

自身の発言が招いた結果であることを棚に上げて、ルチアは悪態をつく。

謁見の間には、ルチアとアッドロラータ、ヴォルフとオルトスのみが残っている。

魔王としてのプライドだけは高いルチアは、ヴォルフを男妾として扱うという宣言を自分では撤回できない。

だったらとことん男妾として扱い、相手を貶《おとし》めて、許しを乞うまで痛めつけるしかない。

ルチアは立ち上がり、玉座を囲む布をどけ、ヴォルフの前に歩み出た。

玉座から、ヴォルフの立つ場所までは五段ほどの階段がある。

ルチアは薄い布を重ねた魔王国風のドレスを身にまとっている。頭にはティアラ、肩には王の証である長い紺色のマントという装いだ。

油断すると、柔らかなドレスの布地やマントがどこかに引っかかり、転倒してしまうことがある。

魔王の威厳を損なわないために背筋を伸ばし、けれど慎重に、ルチアは階段を一歩、一歩、下る。

視線が合う前に、ヴォルフは再び膝をつき、深く頭を下げた。

「顔を上げていい。人間に会うのは十二年ぶりだ……」

ルチアは跪く青年の顎に手を添えて、無理矢理上を向かせると、不敵に笑ってみせた。

「尊き魔王陛下のお姿を拝見する栄誉に預かりましたこと、大変光栄に思います」

間近で見る彼の容姿は、やはり美しかった。

際立っているのはグリーンの瞳だろう。木々や草原と同じ色は優しい印象で、ルチアをどこか懐かしい気持ちにさせてくれる。

男性に慣れているふりをしてみたものの、ルチアは奥手だ。

うっかり見とれて頬が熱くなるのをごまかすために、機嫌の悪いふりをした。

「随分と高い買い物だったのだから、せいぜいわたくしを楽しませなさい」

今回の戦では、人間たちは国境の結界すら超えられずに敗走した。だから魔王国側には人的被害は出なかった。

それでも国境の砦に五千の兵を集めたため、多額の軍事費がかかっている。減額分の一割だけでもヴォルフ個人がここでどれだけ働こうが、返せない金額だ。

もちろん、減額は既定路線であり、それに見合った働きを彼に求めるつもりはない。

魔族的には、減額の対価として貴族の娘ではなく、誇り高き騎士を獲得できたのは成果と言える。

男性優位のタウバッハの価値観では、娘一人の生き死になどどうでもいいのだろうと予想できるからだ。

もちろん、生贄を差し出す家族の個人的な思いを無視するのなら、という前提だが。

タウバッハの騎士が、女魔王の実質的な男妾になった。

その事実だけで、タウバッハの政《まつりごと》に関わる男たちのプライドをへし折り、魔王国の恐ろしさを強調できる。

だから今回のルチアの行動は、魔王としては正しい。

問題なのは、個人的に男妾を上手く扱えそうな気がしないという部分だ。

（まぁ、そのうち耐えられなくなるだろう……）

大使とは違い、本心を隠すのが上手いようだが、所詮は彼もタウバッハの貴族だ。

祖国のために身を捧げることを選び、ルチアに従う素振りをみせても、それは演技に違いない。

下僕のように扱えば、すぐに我慢できずに、本性をさらけ出すに決まっていた。そうなってから無能の烙印《らくいん》を押して、男妾の役割からはずす。

その後は、人質を兼ねた外交官として扱えばいい。

「では、ついてくるがよい」

そう言って、ルチアはアッドロラータとオルトスを伴って、ヴォルフを私室まで連れていく。

ルチアの私室はメインルームからいくつもの続き部屋があり、独立した寝室や書斎などがある広々とした造りになっている。

「言っておくが、ここではタウバッハの常識が通じないからな。覚悟するといい」

女魔王が寝室に男を侍らせることは、この国では非常識でもなんでもない。むしろ二十歳になっても王配も愛人も選ばないルチアを臣たちは心配していただろう。

「不慣れゆえ、ご迷惑をおかけすることがあるかと存じますが、誠心誠意魔王陛下の男妾としての務めを果たす所存です」

進んで自らを貶める言葉を使ったのは、彼の覚悟の表れだろうか。

使節団代表の大使とは違い、肝の据わった人物である。

「いつまで持つか見物だ。ところでそなた、今後魔王国で過ごすのなら、必要なものを国から取り寄せたほうがいいのではないか？」

現在、魔王国とタウバッハのあいだには国交がない。〝連絡役の騎士〟という役割を与えたが、ヴォルフは男娼で、人質的な意味合いで魔王国に留まることとなる。

ルチアとしては、簡単に祖国との行き来はさせないつもりだ。

そうなると大使たちがまだ魔王国に滞在しているうちに、タウバッハにある荷物を送ってもらう依頼をしたほうがいいだろう。

ところがヴォルフは笑って首を横に振る。

「魔王陛下の温情に感謝いたします。ですが、祖国の都からここまでは一週間の長い旅でしたから、必要なものは持参しておりますので問題ありません」

魔王国の都と、タウバッハの辺境伯領のあいだは馬車で三日の距離だ。そしてそこからタウバッハの都まではさらに四日ほど、使者たちは合わせて一週間の旅をしてきたことになる。

魔王国への滞在日数や、帰路も考えると生活に必要なものを持参しているのは当然だ。

「そうではなく！　思い出の品とか……そういうものだ。もう帰れないのだぞ？」

「陛下は他人を思いやる優しさをお持ちなのですね。先ほども娘たちに同情されていたのでしょう」

「単純に娘などいらないから断っただけだ」

ルチアとしては、自分の行動を好意的に解釈してもらっては困る。

確かに彼女は、同じ女性としてタウバッハの娘たちに同情した。大使や騎士と違って、無理矢理連れてこられたのが明らかだからだ。

けれど、生贄を拒絶した理由は本当にそんなものは不要だったからだ。

しかも、男性優位のタウバッハに対する嫌がらせで、ヴォルフに娘たちの代わりをさせるのだ。

性別に関係なく、誰かをもののように扱っていることには変わりない。

ヴォルフという男はどこまでお人好しなのだろうか——と一瞬ほだされそうになり、すぐに別の可能性を考えた。

（いや、違うな……。タウバッハに大切なものを残したまま平然としていられるのは、不自然だ）

ここに長く留まる気がないのではないか。すぐに帰国できる自信があるから、祖国から取り寄せたいものがないと言っているのではないか。

だとしたら、彼の目的は——。

（もしや、この国に留まって諜報活動をする気では？　もしかしたら魔王を倒すための暗殺者かもしれない……？）

大使や生贄予定の娘たちの護衛として異国へやってきて、急に帰国できなくなったこの状況に少しも動揺を見せないのは不自然だった。

（なるほど……だが、そなたの企みなど魔王であるわたくしの前では丸裸も同然だ）

ルチアは自分の勝利を確信した。

そしてビシッと部屋の片隅を指差した。

「ヴォルフよ。今日からそこがそなたの住まいだ。わたくしは執務で忙しい。しばらく待機とオルトスの世話を命じる」

　彼女が示したのは、広々としたメインルームの片隅だ。白と黒の大理石の床の上に、一部だけ絨毯《じゅうたん》が敷かれている。

「……ここは」

　無造作に大きなクッションと犬のオモチャやブラシが転がっている場所――つまり、愛犬の寝床だった。

「オルトスはそなたにとって先輩にあたる。寝床を半分譲ってもらえるのだから、感謝するがよい」

　魔族にとって、人間など犬と同格だとでもいう嫌がらせである。

　城の中にはルチアのプライベートスペースも十分あって、側仕えの部屋も当然用意できる。ヴォルフにはそれすら与えないつもりだった。

　本来ルチアはそれなりに正義感の強い魔族であるから、心が痛むが仕方ない。

「……今日から相部屋ですね。よろしくお願いいたします、オルトス殿」

「ワォォンッ！」

　ヴォルフが挨拶すると、オルトスは尻尾をパタパタと振りながら小型化した。

　小さな身体でちょこちょこと走り、彼の寝床に置かれていたブラシを咥え、ヴォルフを誘っている。

「では、お近づきの印に毛繕いをいたしましょう」

「ワンッ！」

「……な、なんで馴染んで……」

オルトスはよくしつけられているものの、魔犬である。主人という位置づけのルチアにだけ敬意を持って接している。

自分がルチアの第一の忠臣であると思っているらしく、アッドロラータやほかの臣に対してはすました態度だ。

自分より下という認識の者に毛繕いを頼むときは、平然と巨大な犬のまま寝そべって嫌がらせをするほどの知能を持っているのだ。

それが今日出会ったばかりのヴォルフに対しては、なぜか手間をかけさせないように小型化し、甘えている。

「どうなさいましたか？」

「なんでもない、行ってくる！」

思惑どおりに進まないことに腹を立てながら、ルチアは魔王としての大事な役割を果たすため、私室を出た。

◇　◇　◇

「アッドロラータ、あの者……あやしすぎないか？」

「そうでしょうか？　御自ら指名しておいて疑うのはどうかと思います」

彼女の意見は正論だった。ルチアが余計なことを言わなければ、騎士は魔王国から去っていた。

好みの顔というだけで選んだ者が、暗殺者か間者であるという偶然などないだろう。

けれど魔王としての直感が、あの青年にはなにかがあると教えていた。

「魔族ではないように見えるが、魅了の力でも使っているのではないか？　……でなければオルトスがあんなに懐くのはおかしい。あの子は、わたくしとハルにしか尻尾をふらないのだから」

ハル、というのはかつてルチアが親しくしていた人間の少年の名だ。

十二年前まで親交のあったタウバッハのアークライト辺境伯の孫で、綺麗な金髪の少年だった。

辺境伯の死と同時に、交流が断絶し、ルチアは彼と会えなくなってしまった。

「懐かしいお名前ですね。よろしいのですか？　私はてっきり初恋を拗《こじ》らせて王配を定めないのだと思っておりましたが」

八歳の頃、確かにルチアはハルが大好きだった。けれど、あの頃はまだ幼く、好きにどんな種類があるのかがわからない年頃だった。

急に交流がなくなってからも、幼いルチアにはそれが永遠に続くものだとは思えなかった。もう会えないのだと理解できないまま時は流れ、やがて思い出に変わった。

今思い返すと、あれがルチアの初恋だったのかもしれないという気がするだけだ。

「ハルのことは関係ないとは言えないが、もういいんだ。……ただ、次期魔王の父親が誰かがわからなくなる事態を避けるために、王配は一人だけにしようと考えているし、だからこそ婿選びに慎重になっている」

「それが男妾を抱えることになるとは、いきなり飛躍しましたね。第一、ルチア様は未経験――」

「言うな！　成り行きなのだから仕方がないだろう。あの者に最後まで許す気はないし、先読みをすればきっと真実が見えるだろう」

ルチアは魔王である。

けれど、人間たちの想像しているような力は持っていない。

魔力は強いが、他者を攻撃する魔法も体術も、魔王一族がほかの種族を圧倒しているということはなかった。

魔王一族の役割――それは〝先読み〟をして、国の危機を知り、民を導くというものだった。

魔族とは、生きるために魔力を必要とする種族の総称である。

人間たちは魔族を悪逆無道の存在として恐れているが、それは大きな間違いだ。

魔王国は秩序を保った一国家であり、また魔族がこの地から積極的に外へ出て、人間たちの土地を蹂躙《じゅうりん》することもない。

魔族や魔物の祖先は、この地で生まれたとされ、山脈に囲まれたこの地から自然と湧き出る魔力を生きる糧としている。

大昔に領土を広げようと試みた者はいる。けれど外に出た魔族は力を削がれ、「亜人」と呼ばれ人間に隷属する身となってしまった。

そんな歴史をかんがみて、魔王国では鎖国政策を推し進めている。

現在、南方の二つの国と交易をしているほかは、人間との交流がない。

魔族は万能ではないため、それぞれの種族の特徴や弱点などの情報をできるだけ他国に渡さないようにする必要があるからだ。

そして、他国に秘すべき最たるものが魔王の能力だ。

ルチアたち魔王の一族は、水を操り、未来を見通す。その力で危険な存在を事前に察知するのが主な役目だ。だから、魔族の中では戦いには不向きな種族にもかかわらず、ルチアはこの国の女王なのだ。

そして彼女は今、先読みの力を使い、ヴォルフの目的を暴くつもりでいた。

先読みは、城内で〝水鏡の間〟と呼ばれている領域で行われる。

城の中央にあるその場所は、〝間〟という名ではあるが、実際には上から太陽の光が差し込む中庭だ。

古めかしい鉄製の扉を開けると、濃い緑が生い茂る場所に出る。泉があり、中央には八本の柱に囲まれた円形の石舞台がある。

「アッドロラータはここで待つように」

ここから先は一人で向かう。

大きく深呼吸をして草木の香りを感じ、そこに混じった魔力を身体に取り入れる。

そのまま飛び石の上を歩き、石舞台まで行こうとしたところでルチアの足は止まった。

舞台の中央に先客がいたのだ。

「お父様……」

すでに先読みの儀式を終えた様子の先王が、ゆっくりとルチアのほうへ振り向いた。

ルチアは先王の近くまで歩み寄る。

「おもしろいものを手に入れたみたいだな」

先王は今年で四十八歳になるが、それより十歳ほど若く見える人物だ。髪の色、目の色がルチアと同じで、二人が親子であるのは一目瞭然だった。

青を染みこませた特徴的な髪を長く伸ばすのは、歴代魔王の慣習になっている。

中性的な容姿の先王は、ルチアにとっては父親だというのに、見とれてしまうほど美しい。

「ご存じでしたか」

先王の言うおもしろいものとは、ヴォルフを指すのだろう。

「ルチアも、私と同じように一人の伴侶を生涯愛するのだと思っていたのだが？」

先王がルチアに向けるまなざしはいつも穏やかだ。けれど、どこかさみしそうに思えるのは、きっと気のせいではない。

「それは……っ！　魔王として間違った判断はいたしませんし、しばらく人間をそばに置くこととなりましたが、すべてを許すわけではありません」

魔王として未熟なルチアの短慮が原因とはいえ、それだけで男を侍らすことになったわけではないのだと、ルチアはきっぱりと言い切った。

「そうか」

先王の憂いには理由がある。

今から二十五年前。魔王国では王位継承争いが勃発して、彼は多くの異母弟と異母妹を失っている。それもこれも、ルチアの祖父である二代前の魔王が好色だったせいだ。

魔王一族は、すべての者が先読みの力を持っているわけではない。そして魔王になる絶対条件は先読みの能力が使えることである。

だから魔王国での王位継承順は生まれた順や性別に関係なく、純粋に力の強い者が優先される。そして先王は、先読みの力を持つ者の中では最年長の王子だった。

あとから生まれた王子や王女――正確にはその母親である妃たちが、我が子を魔王にしようと画策し、結果として大粛正が行われた。

先読みの力を持っている魔王の後継候補が複数存在していては、争いは避けられないのだ。

そんな過去の影響か、先王はルチアの母だけを愛し、唯一の妃が早世したあとも、別の妃を迎えようとはしなかった。

ルチアになにかあった場合のことを考えると、一人しか後継者がいない状況は不安だが、それが争いを避ける手段であるのは確かだ。

先王は、自らの子供たちが王位を巡って殺し合いをする姿を見たくなかったのだろう。

「お父様にはなにか見えましたか？」

「悪い結果は見えなかった……。これ以上は控えておこう」

先王が言葉を濁す理由は、事前に与えられた先読みの結果が、ルチアの見るものに影響を与えてしまうのを恐れているからだ。

事前に言っておかないと魔王国の不利益となる未来が見えたのなら、彼は必ずルチアにそれを教えてくれる。

ルチアは納得し、舞台の中央に立った。

先王は泉から離れ、中庭の片隅で娘を見守っている。

（水よ……、その流れの先にあるものをわたくしに見せなさい）

ルチアが願えば、静かだった水面が揺らめき、ゆっくりと盛り上がっていく。やがて音を立てずに舞台の周囲を取り囲んだ。

ルチアは目をこらし、ひたすら水で出来上がった幕を見つめ続けた。考えるのはヴォルフのことだ。

彼の未来、その居場所や行動を見ればヴォルフがどういうつもりでこの場所に残ったのかがはっきりする。

ただし、先読みの力は広域に使うのに適した能力だ。

普段は、国境にある砦の様子を思い浮かべ、敵の接近がないことを確認している。または大きな川やその関を見て、氾濫や極端な水不足がないかを見定める。

豪雨が予想される場合、もっと詳しくその場所を先読みして、決壊する可能性のある堤防を探り当て、事前に補強させる。

そうやって、敵の侵入と自然災害の二つに絞って危険予測をするのがルチアの役目だ。

特定の個人、しかも詳細な時間を指定しての先読みは、不得意だった。

誰かの未来を覗き見するのは、悪趣味だから推奨されていない。それにもし誰かの悪い未来を見てしまったら、ルチアはきっとそれを止めたくなるだろう。

ルチアも個人の先読みをした経験はあるのだが、やはり人の思いが絡むと苦い経験となる。今回は例外だ。敵国からやってきた疑惑の人物について調査をするのは魔王の公務である。

（ヴォルフ・レーヴェン……ヴォルフ・レーヴェン……明るい茶色の髪の男……）

はじめて視線があったときの、彼の姿を思い浮かべる。

見たいのは、明日か明後日か。まずは直近の彼の様子だ。

水でできた幕に彼の姿を映そうとすると、いつの間にか自らが創りだした幻影の内側に足を踏み入れた感覚になる。ルチアが今立っているのが夢なのか現実なのか曖昧になる瞬間――それは先読みがはじまった合図だ。

（ここはわたくしの寝室か……？）

見覚えのある部屋もヴォルフの姿も、普段の先読みより精彩を欠いている。しかも蜃気楼のように不安定で頼りない。

タウバッハ国風のシャツにトラウザーズという姿のヴォルフが見える。ボタンをいくつかはずし、かなりくつろいだ様子だ。

『朝ですよ……。あぁ、よく眠っていらっしゃる』

ルチアを起こそうとしたのだろうか。けれど先読みで自分自身を見るのは最も難しく、景色がひどく歪んでしまう。

ルチアは目眩《めまい》に耐えながらも必死にその場に留まった。

ヴォルフはテーブルの上に置かれた小さな光るものを手に取った。

「……ナイフ？」

そしてわずかに口の端を上げてこう言った。

『昨日会ったばかりの男の前で熟睡するなんて、不用心ですよ……』

ナイフを握ったまま、ヴォルフはなにをするのだろうか。

さらに先を見ようと思っても、段々と周囲の景色が消えていき、やがてルチアはカクンとその場に崩れ落ちた。

その瞬間、重力に逆らっていた水が力を失い、バシャンと音を立てて飛沫をあげた。

水の一部は石舞台とルチアの髪や衣装を濡らした。

「……はぁ、はぁ……魔力が……」

苦手な個人に対する先読みというだけでは説明がつかないほど、不鮮明な未来しか見えなかった。

これは、見えた光景にたまたまルチアがいたからだろうか。

ルチアは幼い頃、病に倒れた母の先読みをしてしまったことがあったのだが、ちょうどそのときに起こった現象と似ていた。

魔力をとんでもなく消費するのに、大した情報は得られないのだ。

「ルチア、無理をするな。大丈夫か？」

無様にも尻もちをついたままでいるルチアに、先王が声をかける。すぐに舞台までやってきて、手を貸してくれた。

「……はい。成果はありました。あの者は暗殺者に違いありません」

ゆっくりと起き上がりながら、ルチアは先王に先読みの結果を語る。今見た光景は、先王に言っても問題のない内容だと判断して。

「暗殺者……？　そうか。ではすぐに捕らえて尋問でもしようか」

先王はなぜか楽しそうだった。捕らえた者をいたぶって喜ぶ趣味はないだろうに。

「それはできません。証拠がないのですから。……大丈夫です。事件が起こる時間を把握できましたので、わたくしが証拠を揃え、あの人間を捕らえます」

まだ発生していない事件を理由に誰かの罪を問うのは不可能だ。ルチアにできることは、犯行に及ぶまで泳がせてから捕らえることだけだった。

「だが……」

「現在、魔王の資格を有するのがわたくし一人であると、決して忘れておりません」

唯一の魔王が自ら囮となることに先王は不安なのだろう。けれどルチアは人間に負ける気はなかった。

「すまない、ルチアには負担をかけてばかりだ」

ルチアは知っている。本当は先王も、魔王の資格を持つ者が一人娘だけという状況をどうにかしようとしていたのだ。

魔王一族の骨肉の争いの反省から、先王は王位継承順について、しっかりと法を定めた。先読みの力を持つ者の中では男女問わず、長子優先というのが基本的な継承順だ。

きっと先王は、争いの起こりにくくなる法を作ったあとに、新たな妃を迎えるつもりだったに違いない。

けれど結局はできなかった。

ルチアとは母親の異なる子を望もうとすると、どうしても粛正された彼自身の弟妹の姿を思い出すのだろう。

解決策は、ルチアが先読みの力を持つ子を産むことだ。それも一人ではなく、何人も。

王配は一人で、子供たちには争いが不毛であるとよく学ばせなければならない。

だからルチアは、先王のためにもそろそろ王配を選び、先読みの力を次世代に残す義務があるのだった。

◇　◇　◇

「アッドロラータ、やはりあの者は暗殺者に違いない」

先読みを終えたルチアは、さっそくヴォルフの企てを阻止するための作戦を女官と相談するつもりだった。

「え？」

アッドロラータが目を見開く。黒い耳がピクン、ピクン、と動くのは本気で驚いているときの癖だった。

「どうしたのだ？」

「いいえ……それは先読みの結果からの推測でございますか？」

ルチアは頷いて〝水鏡の間〟で見た光景を彼女に話した。

ナイフを持つヴォルフの姿が見えたことや、それがルチアの寝室だったことなどを。

予想では明日の朝、ヴォルフが暗殺を企てるはずだ。ルチアは騙されたふりをして証拠を摑む作戦への協力を、アッドロラータに依頼する。

「ですが寝室で犯行が行われるとして、凶器はどのように持ち込むのでしょうか？」

今のヴォルフは帯剣を許されていないし、身体検査も受けている。

ルチアの部屋に私物を持ち込むとしても、すべて中身が検められる。ナイフを隠し持つのは不可能だ。

ルチアは先読みの光景をもう一度思い浮かべる。

不鮮明なかたち、色、大きさ、それから持ち手の装飾――わずかに既視感があった。

「おそらく、この城で使われているものだ。いつも朝、そなたは果物を用意してくれるだろう？　皮剝き用のナイフだと思う」

「凶器をわざわざ疑惑の人物の近くに置くというのですか？　危険です」

「問題ない。いくらわたくしが魔族最強ではないとしても、人間に負けたりはしないのだから。だから、いつもの起床時刻に果物を持ってきてくれ。わたくしが寝たふりをして相手が襲いかかったところで取り押さえる。そなたはそのタイミングで踏み込んできてくれ」

それがルチアの考えた「騙されたふり」作戦だった。

「かしこまりました、ルチア様。……ですがよろしいのですか？」

「なにがだ？」

「犯行現場が寝室ならば、今晩ルチア様はヴォルフ殿と一夜をともにしなければならないのですよ？」

その言葉で、ルチアははじめて先読みどおりの状況を作るために、前日の夜になにをするのかを具体的に想像した。

「……それもそうだな」

「やめておきますか？」

「いいや、やめない。せっかく見えた先読みの結果をねじ曲げた場合、いつあの者が犯行に及ぶのかわからなくなる」

現段階で罪のないヴォルフを捕らえることは外交上できない。先読みで見た光景を意図的に変えた場合、その瞬間から不測の事態が発生する可能性がある。

暗殺されるのを恐れ、彼をルチアの部屋から追い出せば、確かに同じ状況での犯行は不可能となる。

けれど、明日の朝までなにも起こらない保証はない。

今晩ヴォルフを私室から追い出した瞬間から、彼の行動が予測不可能になってしまう。

次の機会までじっとしているかもしれないし、寝静まった頃を見計らって私室に侵入するかもしれない。

逆に、ルチアが先読みどおりに行動すれば、犯行が行われる状況が限定される。

今回は、あえて実行させて捕まえるのが狙いだ。それならばせっかく見た先読みを変えるのは悪手だ。

これは先読みをするときの鉄則だった。

本当に必要な場合にのみ、未来を変える。そして、未来を変える場合、別の危険が生じる可能性を考え、あらかじめ手を打っておくのだ。

今回は「変えない」が正しい。

「それに、わたくしも初恋を拗らせている場合ではないから。そろそろ真面目に王配を選ばねばならない。多少の経験を積むのに、あの人間はちょうどいいだろう」

魔族が性に対して奔放な考えを持つのは、そうせざるを得ない理由があるからだ。

魔王国には、様々な魔族が暮らしている。ルチアは水の一族だし、アッドロラータは豹の獣人だ。

魔族には、異なる種族間で子を成す場合、生まれる子は両親のどちらかの属性になるという特徴がある。

また、種族の組み合わせによっては、子ができなかったり、そもそも体格差がありすぎて性交渉が不可能な場合もある。

例えばルチアの場合、先読みの力を受け継ぐ子孫を残す必要がある。

力の強い種族ほど、子孫を残しやすい傾向にあるため、ルチアはある程度自由に王配を選ぶことができる。

それでも、先祖の経験からすべてがわかるわけでもない。

自分の能力を子に受け継がせるため、相性を見定める婚前交渉が推奨されるのも、複数の妻、複数の夫を持つことが許されるのも、魔族特有の事情があるのだ。

「人間なら、練習相手にちょうどいい」

極端に身体の大きな者は、ルチアには受け入れ難い。

人間に近い外見をしている彼女だから、ヴォルフは体格的に悪くない相手だ。

いくら相手が暗殺を企てているとしても、人間ごときに命を脅かされはしないと確信しているからこその今回の作戦だった。

一番恐れているのは、戦闘能力においてルチアよりも秀でている者を夜伽相手に指名して、無理矢理精を注ぎ込まれる事態だ。

そういう観点から考えると、王配の座を狙っていない敵国の人間というのはじつに都合がいい。

王配選びに慎重――などと言って、一歩も踏み出していない状況は、女魔王としては好ましくない。

「またそんな虚勢を張って……知りませんよ」

魔王国内における性の常識を知りつつも、先王の影響を受けているルチアは、口ばかりで結局のところ処女だった。

アッドロラータはこの件に関しては主人を信用していない様子だが、ルチアにはいい機会だった。

「わたくしは変わる！　男を侍らせ、ちゃんと王配を選べる立派な女魔王になる」

ルチアはこうして、自らを囮とした「暗殺者ヴォルフ捕縛計画」を実行するのだった。

第二章　暗殺者に違いない！

ルチアは暗殺者捕縛計画を立案し、アッドロラータと綿密な打ち合わせをしたあとに私室へ戻った。

明日の朝までは、騙されたふりをするため、ヴォルフを男妾として扱わなければならない。

気合いを入れて扉を開けるが、その先にはヴォルフもオルトスもいなかった。

「まったく。待機命令はどうしたのだ⁉」

すると正面にある魔王専用の小さな庭園へと続く窓が少しだけ開いていて、穏やかな風が入り込んでいるのに気がついた。

ルチアは窓に近づき、外を眺めた。一人と一匹の姿はすぐに見つかる。庭園にある大きな木の下で昼寝をしていたのだ。

「オルトスはよほどヴォルフのことが気に入ったのだな。人間のにおいが好きなのかもしれないな」

オルトスの立派な尻尾がヴォルフに絡みついている。それは彼が、誰かを強引に昼寝に誘った証だった。

昔はよく辺境伯の孫・ハルと一緒にオルトスを枕にして昼寝をした。

警戒心が強く、プライドの高い魔犬がヴォルフに懐いているのは、おそらくハルのことを思い出しているからだろう。

ルチアも同じだった。

ヴォルフが暗殺者であると先読みの力が教えてくれているのに、なぜか青年のことが嫌いではなかった。

戦闘能力はさほど高くないルチアだが、水の加護があるため防御力には自信がある。

魔族同士ならともかく、魔力を持たない人間に殺されるはずがないという確信があるから、憤りを覚えないのだ。

決定的証拠を押さえ捕まえたあとに、どんな尋問をしてやろうか、その後どう扱おうかを考えると妙に胸が高鳴った。

暗殺者のくせに寝顔は無防備で、なんだか可愛らしい。

ルチアはヴォルフの傍らに腰を下ろす。それから明るい茶色の髪に手を伸ばして、邪魔そうな前髪を払ってやった。

すると彼がうっすらと目を開けた。この庭園に生い茂る草の色と似た優しい色の瞳が見えた。

「……魔王陛下」

ヴォルフは慌ててオルトスの尻尾をどかそうとするが、心地よさそうに眠ったままのオルトスに遠慮してなかなか抜け出せない様子だ。

「申し訳ありません。風が心地よく、眠っておりました」

困った顔をして笑うヴォルフは、魔王暗殺を企む者とは思えないほど善人に見える。

「かまわない。そなたの務めは夜にあるのだから。それにオルトスが誘ったのだろう？　この子は優しいから、そなたが疲れていたから寝かせたかったのだと思う」

オルトスは、時々ルチアの執務の邪魔をする。

けれどそういうときに限って、疲れが溜まり精神的に余裕がない場合が多いのだ。オルトスは主人の体調を慮ってくれる優しい魔犬だった。

「そうでしたか……。一週間ほどの旅でしたので、無自覚でしたが疲れていたのかもしれません」

ヴォルフは脱出をあきらめて、オルトスの尻尾を撫でている。

「寝心地がよかっただろう？　誰かと一緒に昼寝をするのが好きな子なんだ。もっとも、オルトスが気を許しているのは、わたくしともう一人だけだったはずなのだが」

「もう一人？」

「そなたはアークライト辺境伯の者と関わりがあるだろうか？」

使者たちは国境を守っている辺境伯領を通ってきたのだ。ヴォルフは貴族だというし、辺境伯のことを知っているかもしれない。

「……家名を知るのみです」

「そうか、残念だ。オルトスを拾ったのは先代辺境伯の孫なんだ。彼が旅の途中で衰弱しているこの子を助け、わたくしと一緒に育てた。……だから人間が好きなんだと思う」

残念だと言いながら、ヴォルフがアークライト辺境伯と関わりのないことに、どこかでほっとしていた。

十二年前——辺境伯の代替わりの直後に両国の国交がなくなった。

子供の頃はともかく、今のルチアならば人を使って個人的に知りたいことを調査させるのは容易い。

それをしないのは、どうせ会えないのだから、知らないままでいたほうがいいというあきらめの気持ちからだ。

「キュウゥ……」

やがてオルトスが目を覚まし、甘えた声でルチアに鼻を寄せた。

「賢いくせに、オルトスは少し抜けているぞ」

よりにもよって、暗殺者に懐いてしまったのだ。ルチアはあきれ、愛犬のおでこをピン、と軽く弾いた。

「ワンッ？」

ルチアの攻撃など、オルトスにとってはなんのダメージにもならないが、主人が拗ねていることだけはわかったようだ。

ルチア自身も、いつの間にか愛犬と暗殺者と過ごす時間を楽しんでしまっている。これではオルトスに危機意識が足りないと責めることなどできなかった。

◇　◇　◇

夜になってから、ルチアは念入りに身を清めて、少しだけ大胆なナイトウェアに袖を通した。

今夜は余裕のある大人の女性でいる必要があるからだ。

ルチアは細身だが、胸の大きさはおそらくそれなりである。

けれどいつも隣に控えるアッドロラータが妖艶な雰囲気の美女であるため、相対的に起伏の少ない身体に見られてしまう。

しかも意図的に濃くしている化粧を、今は落としている。

だから、大胆なナイトウェアだけが唯一、彼女を年相応に演出してくれる頼みの綱だった。

ルチアは男を侍らせることに慣れた女魔王である。男妾に伽を命じるのは日常――そう自分に言い聞かせる。

もちろんそれらはすべて〝設定〟であり、実際には異性に触れられた経験はないのだが。

魔王にとって、先読みの結果は重い。

読んだ未来に責任があるからこそ、なんとかこの場に踏みとどまれる状態だった。

「ヴォルフ……や、役目を果たせ」

ルチアはそう言って、ヴォルフを寝室に誘《いざな》った。

一人で寝るには大きすぎる寝台は、今夜はじめて就寝以外の役割で使われる。

まずは寝台の端に腰を下ろし、ヴォルフには近くに来るように命じた。

「よろしいのですか？」

「あぁ、許す。だが、勘違いするな。そなたはただわたくしに奉仕するだけで、最後までは許可できない。……子作りはわたくしが選んだ王配とだけするのだから」

「つまり、ご奉仕して陛下を心地よくさせればいいのですね？」

わたくしは男妾を侍らす女魔王――。自分に何度も言いきかせる。バクバクと心臓が音を立て、これ以上なく緊張しているが、それを悟らせないように気をつけながら頷いた。

明日の犯行はこの場で行われる。先読みで見た彼のくつろいだ服装から判断して、同衾を命じる必要があるのだ。

「陛下、失礼いたします」

ヴォルフの頬がほんのりと赤く色づいている。身をかがめて、顔を寄せた。

「待て。唇にも触れるな」

するとヴォルフは頷いてから、床の上に膝をついた。今日、ルチアに対して服従を示す姿勢を取るのはこれで三度目だ。

「それではこちらにキスをすることはお許しいただけますか？」

「……ゆ、許す」

ゆっくりと靴が脱がされる。ヴォルフは脚の甲へ唇を寄せて、そっとキスをした。

「ひゃっ！」

軽く触れられただけなのに、驚くほどくすぐったくて、ルチアは思わず足を引っ込める。足の甲は思ったよりも敏感で、彼の唇の温度がはっきりと感じられた。とくに、吐息がかかるとじっとしていられない。

「よくこのようなことを男にさせているのですか？」

上目遣いでそう言ってから、彼は細い足首をしっかりと握った。そして今度はキスをするだけでなく、ルチアの肌に舌を這わせる。

最初は足の甲、それからくるぶしのあたり、ふくらはぎ――。油断すると逃げたい気持ちが勝る。けれど、それでは作戦が成り立たない。

「う……ん。時々……。……気が向いたときに……ん！」

それはまったくのでたらめだった。ルチアは、自身が勝手に考えた理想の女魔王らしく振る舞っているだけだ。

「ん……、ふっ、ぁ……オルトスにされているみたい……」

ヴォルフがルチアの脚に施す愛撫は執拗だった。ねっとりとした感触を受け入れると、とろけてしまいそうで不安になる。

　こんなのなんてことないと示すために、愛犬に舐められているときのくすぐったさと同じだと言ってしまった。けれど、本当はまったく違う。

　オルトスに舐められても、ゾクリとなにかが這い上がってくる感じはしないし、腰が抜けそうにもならない。

「ペットと同じですか？　私はそれでもかまいませんよ」

　段々と彼の唇が、脚の上部へと移動した。

　ルチアはムズムズする感覚をやりすごしたくて、ギュッとシーツを摑んだ。

　彼の舌が膝を通り過ぎ、ナイトウェアの裾が捲られた。太ももに触れられると、ルチアは脚を閉じて彼を拒絶した。

　同世代の魔族なら、性別を問わず皆がこれくらい経験しているのだから大丈夫――いくら言い聞かせても、緊張は解けない。

「……んっ、ん」

「どうか、ご無理はなさらないでください。貴女《あなた》には少々早かったのでしょう」

「そなたがわたくしのなにを知っているというのだ！」

　今日会ったばかりのヴォルフに内心を見透かされているようで、ルチアは憤る。

「ですが……」

「無理なんてしていない。人間の男に慣れていないだけだ！　……魔族はもっと強引で、勇ましいから」

今度はヴォルフが不機嫌になった。

オルトスと一緒の寝床で過ごせと言ったときも、ルチアへの奉仕を命じた先ほども、ずっと穏やかな笑みを浮かべるだけだったのに。

「夜伽の最中に、ほかの男を引き合いに出してはなりません。……強引なのがお好みなのですね……」

ならば遠慮はいらないとばかりに、ヴォルフはルチアの膝の裏に手を差し入れ、グッ、と上に持ち上げた。

脚を大きく掲げる格好になると、座ったままの姿勢は維持できない。ルチアはいつの間にか寝台に背中を預けていた。

ナイトウェアの裾が大きく捲れ、太ももどころか下着までヴォルフの前に晒された。

「随分と大胆な下着を好まれるのですね……」

ヴォルフの行動がピタリと止まる。わずかに横を向き、ルチアの下着から目を逸らした。

ルチアの下着は、清潔な白で邪魔にならない程度にレースがあしらわれたものだ。大切な部分を覆い隠し、落ちないように、細い紐で結んでいる。

ごくごくありふれたもの――けれど、それはあくまで魔王国での話だ。

魔王国が鎖国しているせいもあるのだが、タウバッハの者は魔族の文化をよくわかっていない。

それに対して、ルチアは国と民を守るため、隣国の情勢や文化などいろいろな知識を得ている。

だから彼女はヴォルフがなにに驚いたのか、すぐに思い当たった。

「これが魔王国では普通なんだ！　知っているぞ、そなたの国の女性はドロワーズというカボチャパンツを穿いているのだろう。わたくしにとっては、そちらのほうが変に思える」

魔王国風のドレスは薄い生地でできているし、裾の広がりは控えめだ。

タウバッハの貴婦人が身につけるドロワーズを穿いたら、臀部がゴワゴワして綺麗なラインにならない。

「ここは異国だと理解していたつもりですが、申し訳ありません。刺激が強くて平静ではいられませんでした」

女慣れしているように強引かと思えば、急に少年のように恥ずかしがる。

今の態度が演技とは思えず、だからこそルチアも一緒に恥ずかしくなってしまうのだった。

耳まで真っ赤になりながら、ヴォルフはルチアの腰骨のあたりに指を滑らせる。

ほどけばすぐに取り払うことが可能な頼りない布だ。けれど彼はなかなかルチアのすべてを暴こうとはしない。紐を弄びながら、腰骨のあたりにキスをする。

「ふっ、……あぁ」

彼に触れられると、どこもかしこもくすぐったいのにやめてほしくない気がして、ルチアは戸惑った。

彼がなにか特別な技術でも持っているのか、それとも異性にキスをされると誰でもこんな感覚になるのか、どちらだろうか。

彼は騎士を装った暗殺者なのだから、きっと標的に取り入る術を持っているのだろう。もしかしたら未経験のルチアが相手をするには荷が重かったのかもしれない。今さら後悔してもプライドが邪魔をして引くことなどできなかった。

くすぐったいのに、身体の内側が熱くなる。キュンとへその奥のほうが疼いて、内側に溜まった熱が蜜となって溢れるのをルチアははっきりと感じていた。

（わたくし、濡れている……？）

魔王国は性に対し奔放な国だから、ルチアは閨事の知識だけはしっかりと持っている。ただ肌に触れられただけで、身体の内側からなにかがしみ出す感覚があった。

このままでは白い下着が汚れてしまうし、それをヴォルフに見られるのは恥ずかしい。

もうやめて――そう懇願してしまう寸前になり、彼がシュルリと下着の紐をほどいた。

「……なっ」

ヴォルフは目を丸くしたまま固まっている。

「今度はなんだ？」

先ほどからヴォルフのほうが何度も雰囲気を壊している。暗殺者ならば、もう少し上手くやってくれないだろうかとルチアはあきれてしまう。

「……いえ、ここに、大人の女性ならあるはずの体毛はどうされたのですか？　もしかしてご自分で綺麗《きれい》にされているのですか？」

「聞くな」

「陛下は二十歳だと聞き及んでおりますが、成人なさっているのでしょうか？　確か魔族の方々は、種族により寿命も成人年齢も違うと聞きましたが……」

要するに、ヴォルフはルチアがまだ子供かもしれないと疑って手を止めたのだ。

いくらルチアが小柄で老けにくい体質だったとしても、人間の感覚で十七、十八くらいに見える程度だ。

タウバッハの女性は十六歳で大人の仲間入りをするという。だとしたら、ヴォルフにもルチアはきちんと成人女性に見えているはずなのに。

「心配せずとも成人しているし、寿命は人間と変わらない。大人になってもそこの毛は生えてこない種族なんだ。……わたくしだって恥ずかしいのだからその件は、二度と口にするな」

ルチアはあまりの恥ずかしさに耐えきれず、涙目になって屈辱を与えた人物をにらんだ。

恥毛が生えない種族は少数派だった。女性はまだいいが、男性で恥毛がない者は魔族においても「お子様」などと言われ揶揄《やゆ》される。

ルチアにも子供っぽいという認識は十分にあるが、それは遺伝なのだから仕方がないのだった。

「少し罪悪感を覚えますが、貴女が成人された女性で、こうやって男を侍らすのもはじめてではないのなら、私が遠慮する必要などありませんね」

そう宣言をして、ヴォルフはルチアの股のあいだに割って入った。そのまま太ももにキスをして、強く吸い上げる。

「あっ、……ぁん」

「可愛らしい貴女に奉仕できて光栄です……陛下」

チュ、チュ、と音を立てて吸いつかれると痛みを感じる。彼がキスをした場所があやしく光り、わずかに赤くなっている。

今晩、ルチアの肌に触れることが許された証を刻んでいるのだ。

「ちょっと、待て……だめ、……まって……あぁ！」

唇が段々と脚の付け根に近づいてくる。ヴォルフはなんのためらいもなく、ルチアの秘部にキスをした。

その瞬間、ルチアの身体が雷に打たれたかのようにビクリと跳ねた。けれど彼が脚を強く押さえ込んでいるせいで、逃れることは不可能だった。

「ほかの男はもっと強引なのでしょう……？」

それだけ言って、ヴォルフは奉仕を再開する。片方の腕はルチアの脚にまわされ、空いている手で花びらにそっと触れた。

「……なに……あっ、そこは……」

「あぁ、こんなに濡らして……どれだけ悪い女《ひと》なんだ」

慎ましい花びらをそっと除けて、ヴォルフの指がルチアの内側を探る。

けれど深くは入り込まない。ただ溢れてくる蜜を指ですくって、周囲に塗りつけた。

「子供扱いして申し訳ありませんでした、陛下」

「今の、嫌みだろう……、不敬だ……！　んっ、ぁっ」

秘部をこんなに濡らすのは、経験豊富な女性――そういう意味だ。ルチアの怒りの言葉は、彼の愛撫によってすぐに封じられる。

余裕のある女魔王であり続けたいルチアは、口もとを手で覆いはしたない声が漏れないようにした。

ヴォルフは秘部を愛でる行為に夢中で、ルチアの顔など見ていないから、きっと余裕を失っていることなどわからないだろう。

「ん……、ん、ふっ」

水音を立てながら、ヴォルフは舌と指を使ってルチアへの奉仕を続ける。

彼の触れ方はとても優しく、彼女を傷つけるものではない。けれど、秘部の上のほうに、わずかに刺激を与えられただけで衝撃が走る場所がある。

ヴォルフの舌がその場所に辿り着くたびに、ルチアの脚がビクリと反応してしまう。どれだけ声を我慢しようが無駄な努力だった。

ヴォルフはルチアの変化を的確に把握し、弱い場所ばかりを攻め立てる。

「あぁ……善いの、わたくし……あっ！」

口もとを覆っていた手が外れ、気がつけば本音を口にしていた。

なぜこんなに気持ちのいいことを、今まで一度もしてこなかったのだろうかと不思議に思うほどだった。

「あぁ、……こんなの、我慢できない……。あぁ、うぅっ」

指で内壁の浅い部分に触れられるのも、舌で硬くなった芽をねっとりと舐めあげられるのもたまらない。

一定の律動でその動きを続けられると、段々と蓄積された快楽でどこかに意識が飛んでいってしまいそうだった。

絶頂を迎えるという言葉を彼女は知っていた。それでも間近に迫ってくると、急に恐ろしくなる。

今日会ったばかりの、ルチアを暗殺しようと企んでいる男に秘部をさらけ出して、無防備になっている。

これ以上許したら、なにか大事なものを失う気がした。

「や、やだぁ……ヴォルフ、止まりなさ……だめ、お願いだから、あ、あぁ！」

脚をバタつかせ、ルチアが拒絶しても彼はやめてくれなかった。

魔力を使えば、簡単に抵抗できるのに彼女はそれをしない。人間に対して本気を出したら、相手を傷つけてしまうかもしれないからだ。

暗殺者なのだから、傷つけてもかまわないのに、どうしても本気の抵抗をする気になれ

ない。オルトスがすぐに懐いたように、彼にはきっとなにかあるのだ。

もしそうではないのだとしたら、ルチアが快楽の虜になっているだけだろうか。急に淫らな身体になってしまったことに気がついて、涙が零れた。

「だめ……もう、だめ……！　やめて……ん、ん！」

なにかが込み上げてくるのを感じ、ルチアはギュッと瞳を閉じる。

身体が浮きそうになり、彼の髪をグシャグシャに乱した。弾けてしまいそうな錯覚が恐ろしくルチアは全身を強ばらせ、必死にその場に踏みとどまろうとして——いつの間にか、絶頂を迎えていた。

「あぁ、なにか……来ちゃう……あ、んん——っ！」

圧倒的な波が全身に襲いかかり、すべてを呑み込んでいく。

事前の知識などもうなんの役にも立たない。来るとわかっていても抗えない激流だった。

「はぁ、はっ、……わたくし、おかしくなって……」

ビクン、ビクン、と大げさに身を震わせて、ヴォルフに達したことを伝えてしまう。もう余裕のある演技などできなかった。

自分の身体は思いどおりに動かないし、流れっぱなしの涙が止まらない。激流が去った後もずっと余韻が残り、ただ荒い呼吸を繰り返す。

「陛下、いかがでしたか？」

「……はぁ、はぁ……ん……」

息が苦しく、返事など返せる余裕がない。

ヴォルフは力なくシーツに身を沈めるルチアに覆い被さり、しっかりと視線を合わせてくる。

暗殺者のくせに、ルチアを気遣う素振りを見せるのだから腹立たしかった。

「激しすぎましたか？」

乱れた長い髪がルチアの顔にまとわりついている。ヴォルフはそれを丁寧に除けて、こぼれ落ちる涙を指先で拭ってくれる。

「え……？　あ、あぁ。……え、えっと……それなりに、よかった……」

はじめて快楽の果てを経験したのだから、感想を求められても戸惑うだけだ。けれど最初に経験豊富なふりをしてしまったルチアは、適当に言ってごまかすしかなかった。

「それなり、ですか。……ではご満足いただけるまで続けましょう」

ヴォルフがまた不機嫌になった。

「い、いや。今夜はもういい」

拒絶しても、ヴォルフは止まらず、ルチアの首筋に顔を埋めた。

吐息の熱さを感じると、どうしても身体から力が抜けてしまう。

「唇へのキスは許していただけないのでしたね？」

だからそれ以外の場所にたくさんキスをする、という宣言だろうか。

首筋も、耳たぶも――感覚のないはずの髪すらヴォルフに触れられるとどこもかしこも心地よい。

彼はまだ少しだけ濡れていたルチアの目尻にキスをしながら、ナイトウェアを乱していった。

ヴォルフは先ほど、ルチアの上半身にはあまり触れなかった。

ボタンがはずされ、胸の谷間が露わになると、恥ずかしくて手で覆い隠したくなる。特別小さいということはないのに、なんとなくそばに仕えている者のせいで自信を持てずにいるのだ。

「はっ、……あ！　見ないで……。もう、終わりに……」

大きな手が二つのふくらみを包み込み、ゆっくりとこねまわす。

一度昇り詰めた身体は、無垢であったときよりも敏感になっていた。もうただ肌に触れられただけでも心地よくて、ルチアから抵抗する気力も、慣れたふりをする気合いもそぎ落としていく。

「くっ、……や、そこ……あぁ」

ヴォルフが胸の頂を口に含むと、またはじめての感触に身体が震える。

そこは秘部と同じくらいわかりやすい快感を得られるのだとすぐにわかった。

「ここ？」

指で強めに抓みながら、ヴォルフがたずねる。

ルチアは首を横に振って、もうやめてほしいと訴えた。

「でも、貴女のここは素直で可愛いですよ。……ほら、ギュッってすると、脚をモジモジさせて……もう一度ほしいっておねだりしているでしょう？」

それは、魔王であるルチアに対し、無礼な発言だった。けれど真実だ。胸の先端を弄られると、それだけでお腹の奥がキュンとなって、もう一度下腹部にも触れてほしいと口走りそうになる。

なんて淫らではしたないのだろう――平常心の彼女ならきっと自分を軽蔑するはずだ。

けれど今のルチアはそうではなかった。

「もっと、……して」

今晩のヴォルフは、ルチアに奉仕するためにここにいるのだ。だから役割に徹しろと命じることのどこが悪いのか。

「私は貴女の願いを叶えるために存在していますから」

そう言って、ヴォルフはルチアの白い胸に顔を寄せ、頂をパクリと食べた。

「……あぁ、ん、ん！」

一際大きく背中を反らし、彼女はヴォルフがもたらす行為のすべてを肯定した。

それから、本来の目的を忘れるほど彼の与えてくれる快楽に溺れ、何度も絶頂を味わったのだ。

◇

◇

◇

朝を迎えているのに、瞼《まぶた》が重くて開かない。ルチアは規則正しい生活を心がけているのだが、今日は妙に身体が重かった。

ふくらはぎや太ももが突っ張り、なんだか喉が渇く。

(今日の予定は……)

女官が起こしに来るまでどれくらいの時間があるだろうか。

午前中は書類仕事で、誰かと会う約束はなかったはず。ならばあと少し眠っていよう。

ルチアはそう考えて、毛布をたぐり寄せる。

(……なにか大事な予定が)

朝、きっちりと起きなければならない気がするのはどうしてだろうか。なにか重要なことを失念している気がした。

「魔王陛下。お身体は大丈夫ですか?　昨日会ったばかりの男の前で熟睡するなんて、不用心ですよ」

既視感を覚える台詞だった。

なぜ馴染みのない男性の声がするのだろうかと思い、ルチアは昨晩の行動を振り返る。

それでやっと、昨晩ヴォルフに奉仕させて、何度も快楽の果てを経験したことを思い出す。全身が痛いのは、ずっと身を強ばらせていたせいだ。

ルチアの意識は急速に覚醒していく。

パチリと目を開けると、部屋の中央にあるテーブルのところで、林檎《りんご》の皮を剝いているヴォルフの姿が飛び込んでくる。

「おはようございます。今日は午前中に決まった予定はないのでしょう？　もう少しお休みになってはいかがですか？」

ルチアの知らないあいだに、ヴォルフはなぜか魔王としての彼女の予定を把握していた。

きっと、アッドロラータが教えたのだろう。つまり、彼と女官が話しているのに気がつかないほど、ルチアは熟睡していたのだ。

（失敗だ！　だが、どういうことだ？）

アッドロラータが朝食とナイフを持ってくるとき、ルチアは寝たふりをしている予定だった。それが人の気配にまったく気がつかず、襲ってくれと言わんばかりの無防備な姿を晒していた。

先ほどの既視感は、先読みで聞いた言葉と現実が完全に一致したせいだ。つまり、ルチアの眠っているあいだに予測していた出来事が終わってしまったのだ。

水の守りがあるとはいえ、本当に不用心だった。

それでもヴォルフはルチアにナイフを向けなかった。

もし彼がルチアの肌に刃物を突き立てようとしていたら、その瞬間、氷の防御壁がルチアを守り、攻撃を弾いていたはず。

周囲が濡れていないということは、ヴォルフがなにもしなかった証拠だ。

「もう目が覚めた」

林檎の皮がスルスルと皿の上に落ちていった。

ヴォルフはその果実を手に乗せたまま、食べやすい大きさに切っていく。その次はポットに用意された紅茶をカップに注ぎ、角砂糖を四つ入れてスプーンで混ぜる。

「アッドロラータ……。なんで教えているんだ」

ルチアは甘いものが大好きだが、ヴォルフはそれを知らないはず。

当たり前のようにそんな大量の砂糖を紅茶に入れたのは、お節介な女官が彼に指示をしたからだろう。

朝食の準備を終えたヴォルフが、それをルチアのところまで持ってくる。

「陛下はいつも、寝台で朝食をとられるのですね」

彼はトレイに乗せた朝食をサイドテーブルに置いた。そして寝台の端に腰を下ろすと、切り立ての林檎にフォークを刺し、ルチアの口もとまで運んだ。

朝の光を浴びて、キラキラと光る明るい茶色の髪が美しい。髪も瞳も顔立ちも、鮮やかな色を持つものが多い魔族と比べたら、地味な印象なのに目が離せない。

彼の笑顔に見とれて、ルチアはついされるがままになっていた。運ばれた林檎をモグモグと咀嚼《そしゃく》して、ゴクリと呑み込んだところでやっと我に返る。

「自分で食べられる！」

なにをやっているのだろうかとルチアは自己嫌悪に陥った。

「……これもそばに仕える者の仕事ですから」

そう言って、今度はティーカップを手渡す。

誰かに見つめられながらの食事は落ち着かない。それでも律儀なところがあるルチアは、せっかくの紅茶を無駄にはできず、結局は口をつける。

やけどをするほどではないものの、熱い紅茶を飲み干すには時間がかかる。ヴォルフと一緒にいると、調子が狂ってやりづらいし、ずっと心が落ち着かないままだった。

「ところで陛下」

ルチアが食事を終えるのを待って、ヴォルフが話をはじめた。

「なんだ?」

「鋭い刃物を寝室に持ち込むのはよろしくありません。明日からは、切った果物を部屋に運ばせるように手配してもよろしいでしょうか?」

ヴォルフが見つめているのは、テーブルにあるナイフだった。

「なぜ……、そなたがそんなことを気にするのだ?」

「祖国では騎士をしていたのですよ。要人の護衛や危機管理は私の専門です。とくに昨日からお仕えすることになった新参者の私がいるのに、凶器を置いたままにするなど、言語道断です」

ヴォルフの意見はもっともだ。

けれど、それではヴォルフに凶器を渡せなくなってしまうではないか。

「魔王を見くびるな。わたくしはたとえ眠っていたとしても、人間ごときに倒されるほど弱くはないのだから」

「私には非力な女性にしか見えません。昨晩だって力では敵わなかったでしょう？」

確かに、はじめての経験に戸惑ったルチアは、昨晩何度か彼を拒絶した。

ヴォルフはそれでも強引にルチアの肌を貪り、彼女も魔力を使っての抵抗はしなかった。

「……あれは、違う。本気ではなかった」

「なるほど。それでは貴女の言葉だけの拒絶は、真に受ける必要はないということですね」

「なにを言って……。そういう意味ではない」

それではルチアが口では拒絶したものの、本当は快楽を与えてほしくて仕方がない女ということになる。大きな誤解だった。

「例えば今、貴女の唇を強引に奪えたのなら……、それは本心では貴女が私を求めてくださっているからだと見なしますが、よろしいですか？」

ヴォルフがルチアを組み敷いて、強引に唇を寄せてくる。

もちろんルチアは拒絶しようとすればできる。けれど、魔力を使わなければただの非力な女性であり、魔力を使えば人間のような無力な存在を殺める可能性があった。

ルチアは、「口だけ」と「相手の命が危ぶまれるほどの抵抗」のあいだの手段を持っていない。

魔王であるルチアに許可なく触れるものは不敬であり、罰せられて当然だ。

　魔力を使ってヴォルフを拒絶すればいいのに、それをしないのはヴォルフを傷つけたくないと思っているからだ。

（そ、そうだ……証拠を摑む前に傷つけたら、こちらの落ち度になる。ヴォルフは一応、タウバッハから預かっている客人なのだから。……たぶん、ただそれだけだ）

　抗えない理由を考えて、ルチアはそう思い込むことにした。

　そのあいだも、彼の不埒な行為は止まらない。親指でルチアの唇に触れ、今からキスをする場所を確かめている。

　ヴォルフを傷つけず、どうにかして彼から逃れる方法はないか。ルチアは必死に思考を巡らせた。

　そして、自分でできないのなら助けを呼べばいいのだと気がつく。

「……オ、オルトスッ！」

　彼女が叫んだ瞬間、隣室の扉が大きな音を立て、ドスンッ、と寝台が軋んだ。

「クゥンッ、ワンッ、ワンッ」

　オルトスは、ルチアを脅威から守ってくれる頼もしい番犬だ。巨大化した状態で二人のあいだに割って入り、不埒な真似をしようとしたヴォルフを排除――するのではなく、顔を舐めまわしている。

　そしてすぐにルチアに襲いかかった。

「こら、オルトス……違う！　そうじゃない。そなたはいつから駄犬になったのだ！」

二人だけでじゃれ合ってずるい。僕も混ぜてほしい、と全力で尻尾を振りながら二人の顔をペロペロと舐めまわす。

オルトスは馬並みの巨大な魔犬だ。理性は捨てていないのかルチアを踏みつけることはなかったが、愛情表現が激しすぎる。

ヴォルフには〝襲われそう〟だったがオルトスには完全に襲われていた。

「……ちょっ、待て……あぁ、もう！　アッドロラータ」

ルチアは、ヴォルフを捕らえるために部屋の外にいるはずの女官を大声で呼んだ。

彼女はすぐに廊下側の扉を開け、姿を見せる。

「助けてくれ、襲われているんだ！」

「……ええ、襲われていますね。朝から楽しそうでなによりです。午前中は余裕がありますので、ごゆっくりお過ごしください」

アッドロラータは寝台の上の惨状を見て、冷ややかに言い放つ。

暗殺者を捕まえると豪語して彼女をずっと待機させていたのだ。けれど証拠を掴むどころか朝から二人と一匹でじゃれ合っていたら、彼女が怒るのは当然だ。

それでも、ルチアはもう一度懇願する。

「楽しくない！　助け……」

言い終わる前に、静かに扉が閉まり、頼れる女官は見えなくなった。

「キュウウウン？　ハウッ、ハウ」

「オルトス殿はさみしがり屋さんですね。……くすぐったいですよ」

散々舐めまわされ、ルチアは朝から疲労困憊だった。

最後は、ヴォルフがオルトスに朝の散歩に行こうと提案して、二人はやっと解放された。

ヴォルフは男妾であり、外交官に準ずる立場であり、人質でもある。けれど、オルトスが一緒ならばある程度は自由にさせてもいいとルチアは考えていた。そのほうが早く尻尾を掴めるだろうし、オルトスが監視役と護衛をしてくれるなら安心だ。

◇　◇　◇

ルチアは彼女専用の浴室で、身を清めることにした。

オルトスに舐めまわされた場所、それから昨晩蜜で濡れた場所をきちんと洗い流したかったのだ。

浴槽には獅子のかたちをした水の噴き出し口がある。ルチアが触れるとそこから勢いよく水が出てくる。

これは城の地下にある水脈と繋がっていて、ルチアの魔力に反応し水が出る仕組みだった。少量の水であれば、大気中からも取り出せるのだが、風呂に入るためには水源がなければならない。

そしてルチアは、水を動かすだけではなく、その温度を変えることもできる。溜まった水の中に手を入れて、心の中で「熱くなれ」と念じるだけで、水は応えてくれる。

適温になった湯を使い、まずは隅々まで身を清めてから、長い髪を適当にまとめる。

それから肩まで湯に浸かって一息つく。

「風呂は魔王一族の特権だな……最高の使い方だ」

人間は、水を汲んで薪を燃やすという重労働をしなければ風呂には入れない。

魔族でも、火を操る能力を持つ一族ならば多少は楽をしているはずだが、ルチアほどではないだろう。

先読みの力はよい光景ばかりを見せるものではないし、力を使って変えた未来に対し責任が生じる。

ルチアは自身の力の中で、風呂の湯沸かしほど無害で役に立つ魔力の使い道はないと胸を張る。

「それにしても……。ヴォルフはどういうつもりなのだろう」

ヴォルフは先読みどおりの言動をしていた。にもかかわらず、ルチアにナイフを向けることはなく、むしろ凶器を部屋に置いておく危険性まで指摘した。

その時点でルチアが彼を暗殺者だと判断したのは間違いだったということになる。

「だが、昨日会ったばかりのわたくしに、あそこまで従順でいられるものなのか？　もしかしたら警戒して、もっとこの国の者とわたくしからの信用を得るまではなにもしないつもりなのだろうか……」

だとしたら、ルチアの騙されたふり作戦はまだ続くということだ。

ヴォルフは打っても響かない、どこまでもルチアの思いどおりにならない憎たらしい青年だった。

とりあえず今日も彼に対する先読みをして、次の一手を考えようと決意する。しっかりと身体を温めてから、ルチアは着替えをして〝水鏡の間〟へ向かうのだった。

第三章　騎士は女魔王を手懐ける

それから二週間。ルチアの先読みはことごとく外れた。

相変わらずヴォルフのことを見ようとすると、不鮮明で真実を見誤るのだ。先読みが間違っているというより、解釈を間違えてしまう。

例えば、真っ赤な返り血を浴びて、そんな状況で笑っているという恐ろしい彼の姿を見た。

実際にはルチアがはじめて男妾をそばに置いたことに嫉妬した魔族の男が、嫌がらせで葡萄酒の樽を投げつけただけだった。

別の日の先読みで彼は、険しい表情を浮かべて『殺します』という不穏な言葉を口にした。今度こそ間違いなく、暗殺一歩手前の光景だと確信したルチアだが、それも間違いだった。

その日の夜、ルチアがほかの男にも夜伽をさせる可能性をほのめかしたら、「その男を殺します」と、架空の相手に、本気の殺意を向けただけだった。

その晩は、ほかの男を侍らせる気力を奪うためにと、執拗に何度も絶頂まで導かれた。

「ほかの男など試すまでもなく、陛下への奉仕ならば私が適任ですよ……」

そう言って、ルチアが言葉にして認めるまで、彼は淫らな行為をやめてはくれなかった。

そして彼女は懲りずに、今日も先読みの儀式を行った。

「見えた……」

水が映したのは、ヴォルフの戦う姿だ。相手は魔王軍の将軍で、激しい死闘を繰り広げている。

「そうか、やはり裏切るのか……」

相変わらず不鮮明ではあるものの、ヴォルフが剣を持っているのは、はっきりとわかった。剣で将軍と戦うなんて、どれだけ好意的に捉えても、裏切り以外に考えられない。

ルチアは〝水鏡の間〟を出ると、さっそくアッドロラータに先ほど見た光景を詳細に語った。

二週間のあいだで何度もルチアが読み違いをしたせいで、アッドロラータはこの件に関しては「またですか?」と冷ややかだ。

定期的に行っている国境や災害に関する先読みはとくに景色が歪むこともなく、いつもどおりに見えている。

個人を対象に力を使うのが苦手だったとしても、ヴォルフの先読みだけがここまで上手くいかない理由に思い当たる節のないルチアだ。

アッドロラータを伴って私室に戻ると、ヴォルフは一人で読書をしていた。

ルチアが用事を申しつけない限り、彼の仕事はオルトスの世話しかない。オルトスの散歩に付き合うという建前で、比較的城内を自由に動いているのだが、そのオルトスは子犬の姿で昼寝中だった。

だから、魔王国について理解を深めようと本を借りて読んでいたらしい。

地理や文化に関する本は渡せても、各種族の能力など、タウバッハに知られたくない内容が書かれている本はもちろん渡さないようにしている。

ヴォルフが読んでいたのは、魔王国の料理が記されたレシピ本だった。

ヴォルフはルチアが帰ってきたことに気がつくと、すぐに本を閉じて、立ち上がり、主人を迎え入れる。

「お帰りなさいませ」

慣れた手つきで、ルチアの後方にまわり、丈の長いマントを取りはずしてくれる。

先読みをすると、魔力を消費し激しく疲労する。魔力はこの大地から勝手に湧き出るもので、時間が経てば回復する。

ただし、魔力を取り込んで自分のものにするためには、栄養が必要だということは魔族であれば経験から理解している。

だからルチアがやたらと甘党なのは、理由があってのことだった。

ヴォルフは主人が疲れていることに気がついているのか、すぐにお茶とお菓子を用意してくれる。

一人ではさみしいため、ルチアはヴォルフとアッドロラータにも同席を促す。主人の話し相手になるのも、そばに仕える者の職務だ。

「折り入って、お願いがございます」

紅茶を飲み終えたところで、ヴォルフは姿勢を正した。

「そなたがわたくしに願いごとなどめずらしい」

「帯剣許可をいただけないでしょうか？」

ヴォルフの願いは、ついさっき先読みで見た光景に繋がる可能性があった。だとしたらルチアは慎重に相手の思惑を読み取る必要がある。

「理由は？」

「私の本来の役割だからです。陛下のおそばに仕えているのですから、護衛としても使っていただきたい。腕が鈍ってしまうのも心配です」

二週間前は、新参者がいるのに凶器を部屋に持ち込むのは危機管理がなっていないと心配していた。それが、意見を変えたのだ。

ルチアは先読みの結果と照らし合わせ、今後の展開を予測する。

ヴォルフは危険を排除する素振りを見せて、あえて暗殺の機会があっても実行せず、この二週間ルチアの信頼を得るために行動していたのだ。

その狙いは、皮剝き用のナイフなどという頼りない凶器ではなく、殺傷能力の高い武器の所持を認めさせることだったのかもしれない。

いよいよ彼が本来の目的を果たす気になったと考えるのが正しいだろう。

「……どうしようかな」

迷うふりをしながら、ルチアは許可を出すつもりだった。

目的のわからない男をそばに置き続けるわけにはいかないのだから、ヴォルフの変化を歓迎するべきだ。

けれどなぜか胸がモヤモヤとする。裏切りと別れが近いのだと思うと、なんだかむなしくなる。

「ルチア様、この件に関してはダレッシオ将軍に話を通す必要があると考えます」

アッドロラータが指摘する。

ダレッシオ将軍はこの城の警備責任者である。もしヴォルフをルチアの護衛にするのなら、将軍の許可は必須だった。

「なるほど、それもそうだ。将軍は今どこにいるだろうか？」

「この時間ならば、午後の訓練に勤しんでいるでしょう」

「まだ挨拶もさせていなかったな。……ちょうどいい、ヴォルフ。ついてくるがよい」

近い将来、ヴォルフとダレッシオ将軍は戦うことになる。

ルチアはその前に二人を引き合わせる必要性を感じていた。

魔王国最強の武人が、たかが人間に負けるとは思えないが、先読みの結果を将軍に教え、対策を話し合うつもりだった。

狙われる可能性が高い将軍が、ヴォルフの顔を知らないのは都合が悪い。

ルチアは立ち上がり、ドレスの上にマントを羽織る。

さっそく城内にある軍の訓練所に行くと、十人ほどの兵たちが剣を交えて、鍛錬に勤しんでいた。

城内には六十人の兵がいて二交代で城を守っている。

つまり動ける者は半分の三十人。さらに交代で訓練もしているため、純粋な警備は二十人ほどというのが平時の魔王城だ。

人間の国と比較すると兵の数は極端に少ないだろう。

けれど基本的にルチアは自分で自分の身を守れるし、アッドロラータやオルトスもいて、ほかの護衛を必要としないため問題ない。

将軍――ファビオ・ダレッシオは、竜族で、年齢は三十六歳だ。竜族は身体の大きな種族で、将軍の身長はルチアのちょうど二倍である。

彼の職務は城の警備だけではない。魔王軍は、魔獣討伐や国境警備にほとんどの人員を割いている。城内にある軍の施設は、その総司令部となっているのだ。

「将軍！」

「これはルチア陛下。……どうぞ、こちらで兵たちの勇ましい姿をご覧ください」

竜族は尖った耳と、肌の所々に鱗模様を有するのが特徴だ。褐色の肌の上に、光があたると虹色の模様が浮かび上がる。

模様は竜族の中では美醜の判定要素の一つになっている。左右均等で顎や頬にくっきりとした模様がある将軍は、同族的には相当な美男子らしい。ルチアからすると、威圧感のある恐ろしい風貌に思えるが、種族によって審美眼が異なるのも魔王国ならではだ。

恐ろしい見た目にそぐわず、普段の将軍は温和な人柄だ。

少しそそっかしいところがあり、ルチアの中では「いざというときは頼れるが、おっちょこちょいな兄」という位置づけだった。

「ダレッシオ将軍！　まだ話は終わっていませんよ」

将軍の陰に隠れて見えなかったが、近くにはもう一人ブルーグレーの髪をした男性がいた。彼はルチアのいとこにあたるジルド・フェロルディという名の人物だ。

ジルドは三十歳で、内務大臣を務めている。

彼の父親は先々代魔王の長子だが、先読みの力を持っていなかった。そのため二十五年前の大粛正に関わることはなく、臣として先王やルチアに仕えてくれている。

「ああ……、気をつける！　次こそ気をつけるから」

「次回同じことがあれば、容赦なく俸から差し引きますからね」

二人の会話から、将軍がなにをしたのかすぐに察しがつく。

城の備品か、壁か――そういったものを彼が壊してしまったのだろう。

例えば、魔王城内には敵に攻め込まれた場合を想定して、回廊の所々が狭くなっていたり、あえて小さな扉を設置していたりする場所がある。

ダレッシオ将軍は、時々そこに頭をぶつけることで有名なのだが、本人が怪我をするのではなく、城内を破壊してしまう。

竜族の額は岩をも砕く――それくらい頑丈な一族だ。

「まぁ、その件は置いておくとして。陛下は私になにかご用があるのでは？」

将軍は、ルチアの用事を利用して、ジルドの小言から逃げたい様子だった。

「そうだ。……その前に」

ルチアはヴォルフをチラリと見やる。察しのいい青年は、一歩前に歩み出る。

「このたび、タウバッハ国と魔王国の友好の証として、恐れ多くも魔王陛下にお仕えする栄誉に預かりました、ヴォルフ・レーヴェンと申します」

「ほう……」

将軍は興味津々、ジルドは無言で冷ややかに、ヴォルフの挨拶を聞いていた。

「ヴォルフ。ダレッシオ将軍と、内務大臣のジルド殿だ。ジルド殿はわたくしのいとこにあたる」

ルチアが紹介すると、将軍はヴォルフに手を差し出す。甲にも鱗模様があり、とにかく大きい。

「よろしく頼む。……ほう、なかなかの腕前とみた」

それは剣術の腕前のことだろう。どうやら将軍は握った手の感触だけでヴォルフをかなり腕の立つ武人だと判断したようだ。

「祖国では騎士をしておりました。剣の腕だけはそれなりに評価していただけるという自負がございます」

ルチアは、ヴォルフの発言に驚いた。彼は謙遜しかしない青年だと感じていたからだ。穏やかなグリーンの瞳に、今はやや好戦的な光が宿っている。将軍もそれを感じているのだろう。「この男と戦ってみたい」という好奇心が透けて見える。

「それで、ヴォルフに帯剣許可を与えてやってくれないか？」

「ほほう」

将軍は顎に手をあてて、ニヤリと笑った。

「……ありえません。敵国の人間ですよ」

すぐに反対したのは、ジルドだった。

彼は少し頭の固い慎重な人物だから、つい先日国境を侵そうとした国の出身者に武器を与えるなど、許可できないという考えだろう。

「まぁまぁ、ジルド殿。そう決めつけることもないでしょう。……ヴォルフ殿、なにゆえそのような願いを口にしたのだ？」

「理由は二つあります。一つは、私が魔王陛下から賜ったお役目の影響や、そもそも先日まで敵対していた国の出身であることから狙われやすく、身を守る術がほしいのです。私になにかあった場合、外交上、魔王国の不利益となります」

「なるほど、剣がないと不安で城内を歩けない……と申されるのですね？　力を持たぬ人間らしい発想だ。ハハッ！」

そう言って、ジルドはあからさまにヴォルフを見くだした。

「ジルド殿！」

ルチアがその無礼を止めようとするが、ヴォルフが小さく首を振る。気にしていないという様子で軽くほほえんだ。

「もう一つ。魔王陛下の敵がこの城内にいるとは考えておりませんが、陛下の望まない行為を強いる輩が、今後現れる可能性はあると思います。そのための備えは多くてもよろしいかと。確かに私には大した力はありませんが、だからこそ問題にはならないでしょう？」

この男は本当に口が上手い――ルチアはそう感じた。

たった一人では魔族の命を脅かすことはできないと強調すれば、剣を与えてはならない理由がなくなる。

ルチアがヴォルフを実質的な男妾として扱ったことがきっかけとなり、そろそろ魔王が本気で王配を定める気でいるのを、城内の者たちは察しているだろう。

魔王の王配になりたいと望む者が、自分を売り込みにくる可能性が高まっている。

すでにヴォルフは、オルトスの散歩中に葡萄酒の樽を投げつけられるという嫌がらせを受けている。そういった者は、隙あらばルチアに夜這いをかけるだろう。

「なるほど……。貴殿に剣を与えても時間稼ぎにしかならないが、役には立つと言うのだな？　ヴォルフ殿の考えはわかった。……それならまず実力を示せ。騎士だというのならば、言葉ではなく、剣でこの私を納得させてみるのだな」

将軍は、広い場所まで歩いて、ヴォルフに向かって手招きをする。

ヴォルフはすぐにそれに応じた。

「将軍、勝手がすぎますぞ！」

「護衛の選定は私の職務だ。すべての責任はこの私が取る！　誰か、ヴォルフ殿に剣を貸してやれ」

ジルドが止めようとするが、もう手遅れだった。

すぐに兵の一人が剣を持ってくる。ヴォルフはそれを受け取ると、感触を確かめるためその場で素振りをした。

「悪くない」

穏やかな青年がルチアに見せたことのない顔をしている。ヴォルフはタウバッハの騎士であり、生粋の剣士なのだとルチアも理解した。

訓練中だった一般兵が一斉に場所を空けて、観戦にまわる。

周囲が静まりかえる中、剣を構える二人のあいだには土埃が舞い上がる。それがおさまった瞬間、同じタイミングで二人が動いた。

将軍の豪腕から繰り出された一撃を、ヴォルフは俊敏さを活かして回避する。刺さった剣が、地面を削り、その威力のすさまじさを物語る。

「ちょっと待て。将軍を納得させられなかったら、ヴォルフの命がないのでは？」

ルチアは不安になり、アッドロラータにたずねた。

将軍は、相手はなんの力も持たないただの人間であることを理解しているのだろうか。

戦争となれば人間側の数における優位性を危険視してはいるものの、個々の戦いにおいては魔族の圧勝だ。

ましてや、将軍は魔王軍の中で最強の戦士だ。どれだけヴォルフの身体能力が優れていようが、勝てるわけがない。

まず、竜族の硬い皮膚に傷を負わせることすらできるかあやしい。

「ヴォルフ殿が心配ですか？　ルチア様」

「うぅっ！」

アッドロラータの言葉は図星だった。なぜ暗殺者の心配をするのか、ルチアにも自分の心がよくわからない。

そのあいだも、将軍の剣をヴォルフが避けて、なんとか受け流すという一方的な展開が繰り広げられている。

どちらに勝ってほしいかではなく、負けそうなほうを心配するのは当たり前だ。

「そ、そうだ！　だって、この勝負で将軍がかすり傷一つ負うとは思えない。ヴォルフは現時点では隣国からの預かり者なのだから、怪我をしてもらっては困る。それに、あの者はわたくしのものだから……」

モゴモゴと言い訳をしても、自分の中でしっくりこない。段々と声の大きさが尻つぼみになっていった。

「まぁ、将軍も手加減くらいはするでしょう。それよりルチア様……本日の先読みでご覧になったのは、できるだけ近い未来のヴォルフ殿のお姿でしたよね？」

「……うん、そうだが」

ゴクリ、とルチアは唾を飲み込んだ。

じつは先ほどから既視感を覚えていたのだ。

「気のせいでしょうか？　あなた様からおうかがいした内容と、今の光景が重なっているような気がいたしますが」

それは質問ではなく、ただの嫌みだった。

「そうだな。わたくしもそう思う」

「ヴォルフ殿が将軍と戦う可能性は、裏切り以外に考えられないと断言されていましたよね？」

「剣の鍛錬か……。なるほど、その可能性を失念していたな。わたくしとしたことが」

また先読みの結果を読み違えてしまったのだ。

二人とも本気の打ち合いをしているが、あくまで腕試しだ。一緒に剣の稽古をする予測など、先読みをした時点でできるはずがない。

ルチアが落ち込んでいるあいだにも戦いは続けられている。

打ち合いが激しくなり、土埃が舞い上がったせいで、ルチアにはなにをしているのかよくわからなくなった。

急に金属のぶつかり合う音が消える。

しばらくすると微動だにしない二人の男が見えてきた。

将軍の剣はヴォルフの脇腹に、ヴォルフの剣は将軍の片目に……それぞれ寸前のところで止まっている。

「へぇ……やりますね。竜族の弱点を予想しての一撃ですよ」

アッドロラータがニヤリと笑う。

鱗状の硬い皮膚を持つ竜族にも、弱い場所はいくつか存在する。ヴォルフはそれを予測し、隙を見て狙ったのだろう。

ただし、互いに寸止めだからこその引き分けという結果である。将軍は、実践であれば片目を失ったとしても、そのままヴォルフを仕留めていただろう。

「ヴォルフ殿……、貴殿の剣技は賞賛に値する。美しい……これぞ騎士の剣だ！　よし、帯剣を許可しよう」

「ありがとうございます」

先ほどまで二人のあいだにあったはずの緊張感や殺気がどこかに消え失せる。

将軍は丸太のような腕を伸ばし、ヴォルフの肩にまわす。まるで昔からの知り合いのような気安さで、かなりご機嫌だった。

「将軍！　その者は客人ではあるが人間ですよ⁉」

ジルドが声を荒らげる。つい先日、国境を侵そうとしたタウバッハ国の騎士など、信用できないというのだ。

ヴォルフを最も疑っているのはルチアである。

帯剣許可までは予定どおりだったが、そのあとに予測していた裏切り行為はルチアの勘違いであり、もう終わってしまった。

もはや彼に剣を渡す必要があったかどうかも謎である。

けれど、そもそも言い出したのがルチアであるため、誰にも覆せない状況になってしまった。

「私が責任を持つ。剣を交えれば大抵のことはわかるものだ！　ハハハッ！」

そう言って、将軍は真っ白な歯を見せて笑った。

ルチアの提案で将軍の許可があれば、ジルドがいくら反対しても覆らない。小言を言いながらも、彼は引き下がり、訓練所を去った。

「ヴォルフは人たらしではないのか。オルトスも、将軍も、すぐにほだされてしまったではないか……いや、オルトスは犬だし、将軍も人かどうかはややあやしいが……」

少し離れた場所では、将軍がヴォルフに「もっと一緒に鍛錬をしよう」と誘っている。

ヴォルフは困った顔で、ルチアの許可が必要だとして曖昧な返答をしていた。

オルトスも最初から懐いているし、将軍までも剣を交えただけで古くからの友人のような親しさで接するようになった。

なにもかもが考えていたとおりに進まなくて、ルチアの心の中にモヤモヤとした不満が募っていく。

「嫉妬ですか？」

「違う！　少し、頭を冷やしてくる。ヴォルフにはせっかくだから魔王軍に交ざって鍛錬に参加するように伝えておいてくれ」

「かしこまりました」

ルチアは一人になると、急いで〝水鏡の間〟に向かった。

今までヴォルフについて見た光景のすべてが、ルチアへの裏切りには繋がっていなかった。むしろ、今回の件をヴォルフの言葉どおりに捉えれば、ただ主人を心配しているだけということになる。

何度も解釈を間違い、そのたびに無実の青年を疑っている。段々とルチアは自信を喪失し、彼に対する罪悪感に苛まれた。

けれどやはり彼は疑わしい。本日二度目となるが、今度は先入観なしにもう一度ヴォルフという名の青年を見定めようと試みた。

石舞台の中央まで進んで、何度か大きく深呼吸をしてから儀式をはじめる。

やがてルチアの目に映ったのは、森の中に立つヴォルフの姿だった。傍らにはオルトスもいる。

ヴォルフは手を伸ばし、枝を折ろうとしている。相変わらず目の前の光景は不鮮明で、さざ波の立つ湖面を見つめているようだった。

『……ル……。甘い……ですよね？』

『ワォン！』

ヴォルフがオルトスになにかをたずねて、オルトスが元気よく同意した様子はかろうじて伝わる。

ヴォルフが赤い実のついた枝を持っている気がしたが、段々と景色が色褪せていった。

この日二度目だったせいもあり、ルチアは短い時間で魔力を消耗してしまい、先読みは終わった。

「……森？　旧道のあたりか？　まさかな……森などどこも同じなのだから」

旧道というのは、魔王城の北側の森からタウバッハのアークライト領を直線で繋ぐ道のことだ。

魔王国の都とアークライト領のあいだには、超えられないほど高く険しい山脈が連なっている。そのせいで迂回しなければならないため、片道三日の遠回りが必要とされている。

これが人間側の認識だが、じつは偽りだった。

山脈の一部は、力のある昔の魔王が築き上げた幻だ。旧道を使えば、魔王国とアークライト領のあいだは日帰りが可能な距離である。

けれど、許可のない者が単独で入ろうとしても入り口すら見つからず、間違って入り込めば魔獣の住まう森で迷う。

旧道を通れるのは、先王とルチアと、王家が許可した魔族のごく一部の者。人間側は、かつての辺境伯とその孫のハルだけだった。

辺境伯との交流がなくなってしまった今現在では、タウバッハへの偵察役が利用するだけとなっている。

結局、今回の先読みはなにか意味があったのかどうかすら判断がつかない、曖昧なものだった。

今までの反省から、ルチアはわからないことはとりあえずそのまま受け止めて、無理矢理意味を考えるのをやめた。

ただ、懐かしい景色を見た彼女はそのまま思い出の場所へと向かった。

◇　◇　◇

魔王城は、二重の城壁に囲まれている。北側には険しい山があり、城を攻略するならば南側から攻めるしかない構造になっている。

今でこそ魔族は、いろいろな種族が集まり単一の国家となっているが、大昔は種族ごとの小国家が勢力争いを繰り広げていたという。

国境の守りが堅く、人間の国から攻め込まれたことのない魔王城が難攻不落の要塞となっているのは、魔族同士で争っていた頃の名残だった。

魔王城の中には大小いくつかの庭園がある。

ルチアの私室と繋がっているのは、魔王専用の小さな庭園だ。

多くの者が出入りする城の南側には、一年中花が咲き誇る手入れの行き届いた大庭園がある。

そして先読みを終えたルチアが向かったのは、北側の一つ目の城壁と二つ目の城壁のあいだにある庭園だった。

南側と違い、あまり手入れのされていない、よく言えば自然を感じられる場所だ。

生け垣が迷路のようで、ルチアはこの場所でよくハルと木登りや探検をして遊んだ。

外側の城壁には一箇所だけ扉がある。そこから城の外に出れば、すぐに旧道への入り口に辿り着く。

交流がなくなってから、ルチアはこの場所をほとんど訪れていなかった。

楽しかった頃の思い出は、それを失ったあとにはただ寂しいだけのものに変わってしまうからだ。

「ハル……」

ヴォルフの存在は、タウバッハと再び交流を持つ機会に繋がるのだろうか。

そうしたら、タウバッハにいるはずの幼馴染みに会えるのだろうか。

懐かしい気持ちと少しのせつなさを感じながら、ルチアは十二年前の日々を思い出していた。

当時の辺境伯の孫――ハルトヴィンと過ごした懐かしい時間を。

◇　◇　◇

ハルの祖父、亡くなった辺境伯は変わり者だった。

タウバッハ国と魔王国は当時から友好的ではなかったが、そんなことは関係なしに、交流を持っていたのだ。

二国間の交易は、それぞれ通常の街道と国境の検問所を通って行われていた。

当時の魔王――ルチアの父は、辺境伯にだけ旧道の通行許可を出していた。それは魔王一族の信頼の証であり、魔獣討伐に関しての連絡を密にする目的があっての特例だった。

そしてもう一人。ハルが旧道を通れるようになるための儀式は、練習を兼ねてルチアが行った。

「これでそなたは祖父殿と一緒じゃなくても、魔獣に襲われることも、道に迷うこともなく魔王城まで来られる」

「本当ですか⁉　嬉しいです、ルチア様」

当時のハルは辺境伯の後継者だったので、ルチアの代でもこの交流が続くことを誰も疑っていなかった。

八歳になったばかりのある日、ルチアは朝から北の庭園で辺境伯とハルの到着を待っていた。彼は毎月辺境伯と一緒に城を訪ねてくる。

交易についての方針を話し合ったり、魔獣の出没状況について定期的に報告をし合う目的での訪問だ。

難しい話はまだわからないが、ルチアは辺境伯が連れてくる心優しい少年を気に入って、その日を楽しみにしていた。

到着する予定の一時間も前から北の庭園でソワソワと待ち構え、なにをして遊ぼうかと妄想していた。

「ハル、一ヵ月ぶりだな！」

旧道へと続く門が開くと、ルチアは少年に駆け寄った。

「はい。ルチア様がお元気そうで嬉しいです」

キラキラと輝く金髪は、太陽の下がよく似合う。いつもと少し違うのは、腕に真っ白な子犬を抱いていたことだ。森にいたのなら当然、その子犬は魔に属する存在だった。

「うん。……ところでその魔犬はどうしたのだ？」

「倒れていたところを拾ったんです。弱っていていてかわいそうだったから」

母親とはぐれ、大型の魔獣に襲われてしまったのだろうか。ルチアはハルの腕の中で震える小さな動物をじっくりと観察した。

「怪我をしている。すぐに手当てをしよう」

それからルチアは水の力を使い、魔犬の傷を洗い流してやった。ハルは傷薬や包帯を用意して懸命に治療にあたる。

その日一日、二人は魔犬の世話をして過ごした。

体力を失い冷えた身体を毛布で包む。山羊の乳や細かく切った肉を与え、献身的に看病をした。

ハルは日帰りの予定だったが、魔犬――オルトスがよくなるまではと言い張って、魔王城に滞在し続ける。

それまで優しいだけの少年という印象だったハルが、意志の強い一面を見せてくれた。

ルチアはそんなハルのことがもっと大好きになっていった。

その日の夜。二人は、オルトスを真ん中にして、見守りながら一緒の寝台で眠った。

魔犬の回復は早く、翌日にはなんとか立ち上がれるようになった。

そしてオルトスを拾ってから三日目の朝、ルチアとハルは寝台の上で走りまわる魔犬に起こされた。

「ワゥゥ！」

昨晩まで子供でも抱きかかえられる大きさだった魔犬が、巨大化していた。

「わ、な……なんで？　昨日まで子犬だったのに」

ハルが目を丸くしていた。

たった一晩で、オルトスは人間の国にいる大型犬を超える大きさに成長した。ルチアには当たり前のことだったが、人間のハルが驚くのも無理はない。

「おそらくこちらが本来の姿で、これでもまだ子供なんだ。一年くらいで成犬になったら馬くらいの大きさになると思う」

「馬……!?」

ハルが目を丸くする。

オルトスが子犬になっていたのは、魔力の消費を抑えるためだ。

ルチアは図書室にあった魔獣図鑑を持ち出して、この国の生き物についてなにも知らないハルに得意になって語った。

ハルはオルトスと図鑑を見比べながら感心しきりだった。

図鑑によれば、オルトスは高位の魔犬で貴重種だった。本来は獰猛で、人が飼い馴らした例はなかったので、ルチアが魔犬をそばに置くことを心配する声もあった。

けれどオルトスは賢く、ルチアとヴォルフの命令には従順だった。だからすぐにそんな声はどこかに消えたのだ。

怪我から回復したオルトスは、すさまじい速さで成長していった。その頃からハルを背中に乗せて旧道を行き来したり、辺境伯領まで手紙を運ぶ役割を担うようになった。

オルトスのおかげで、ハルは短時間で深い森を抜けて魔王城までやってくるようになった。

プライドの高いオルトスが背中に乗せるのは、ルチアとハルだけだ。

これまでより行き来がしやすくなったことで、辺境伯と魔王国の絆はより深まる——それはいずれ一般の民の交流にも繋がるのではないか。

魔族がこの地を長く離れるのは難しい。

それでも彼女は広い世界をハルやオルトスと一緒に旅をしてみたいなどと、魔王唯一の後継者らしからぬ夢を抱いた。


ルチアはそんな日々がこの先も続くと思っていた。


「事故……？」

オルトスを拾ってから半年後。事前の約束なしに、ハルが一人で魔王城までやってきた。

緊急の用件は、辺境伯が領地の視察中に亡くなったという知らせだった。

「これから僕は祖父の後継者となり、魔王国とタウバッハ国を繋ぐ役割を果たそうと思います。祖父の葬儀が終わり、爵位継承の手続きが済むまでしばらくここには来られません」

「わたくしも、辺境伯を弔いたい」

オルトスに乗れば、わずかな時間で辺境伯の屋敷まで行ける。魔王である父がこの地を離れられないのなら、名代としてルチアが葬儀に参列してもいいはずだ。

「だめですよ。ルチア様のその髪も目の色も、人間の国では目立ってしまいます」

「そんな……」

「ルチア様を危険に晒すことは、僕には絶対にできません。魔王陛下も許可などなさらないでしょう」

ハルが首を横に振る。すでに両親を亡くしているハルにとって、辺境伯は唯一の肉親といえる家族だった。祖父であり、父親代わりでもあった人を亡くしたばかりの彼を困らせるわけにはいかなかった。

「なら、せめて花を用意する。オルトスに運んでもらうから……、わたくしはここでそなたがまた会いに来てくれるのを待っているから……」

「ありがとうございます」

「ハル……、そなたとオルトスはわたくしの一番の友達だ。そなたが頑張っているあいだ、わたくしもたくさんお勉強をしてよい魔王になるから！」

ルチアにとってそれは永遠の別れではないはずだった。

「はい、またすぐに会えます。それまでさようなら、ルチア様」

「わたくしは、その言葉が嫌いだ！　落ち着いたらすぐに会いに来るのだぞ」

「必ず、会いに行きます」

けれど、いつものようにオルトスに跨がって城を去ったハルは、もう二度と魔王城を訪れることがなかった。

辺境伯の後継者がハルではなく、彼の叔父にあたる人物となったからだ。

故人であるハルの父親は、辺境伯の長男だった。辺境伯は早世した息子に代わりハルに爵位を継がせる気でいた。

ところが、ハルがまだ若いことを理由に、爵位継承順では下のはずの叔父が、ハルを押しのけて跡を継いだ。

背景にはタウバッハ国王が、魔王国や魔族を嫌っていることがあげられた。

ハルの叔父は、「自分を辺境伯に推挙してくれたら、タウバッハに魔族が入り込むのを防げる」と国王を説き伏せ、後ろ盾を得て故人の遺言を無効にしたのだ。

それから驚くほどあっという間にタウバッハ国と魔王国の交流はなくなった。

ルチアはハルへの手紙を書いて、オルトスに届けてもらうことにした。

けれど、オルトスは手紙を咥えたまま魔王国に戻ってきた。

あとになって、情報収集のために送り出した父の手の者から、ハルがもう辺境伯領を離れているのだと聞かされた。

人間の国では爵位を継ぐ可能性のない貴族は、食い扶持を自分で見つけなければならない。文官になったり、騎士になったり、医者になる者もいる。ハルは辺境伯領から離れ、将来職を得るために寄宿学校へ入ったのだという。

それ以降、ルチアがハルの消息を調べることはなかった。

◇　◇　◇

ハルのことを思い出すと、ルチアは自分がすっかり汚れてしまった気がしてならない。

「陛下、こちらでしたか」

現れたのはヴォルフだった。

「なぜここがわかった？」

「オルトス殿が教えてくれました。お一人で出歩かれるのはできる限りお控えください。ひと気のない場所に行くのは危険です」

よく見ると、彼の腕の中には小さくなったオルトスがすっぽりと収まっている。

「……たまには一人になりたいときだってある。それにわたくしは強いぞ。試しにその剣を抜いてみたらどうだろう？」

戦闘能力は低いが、防御力には自信がある。彼が暗殺者ならば、この状況は絶好の機会だ。ルチアは挑発してみるが、ヴォルフは首を横に振るだけだった。

「お守りするための剣です。それに、ここには一番の護衛がいるでしょう？　冗談でもできません」

そう言って、彼はオルトスの頭を撫でる。オルトスはどこか得意気に「クゥゥン」と喉を鳴らした。

「陛下は、お一人でなにを考えていらっしゃったのですか?」

「昔のことだ。オルトスを拾った頃。……前の辺境伯やその孫と親しかったと言っただろう? その子――ハルとここでよく遊んだんだ」

「キュゥゥ」

オルトスもハルのことを思い出したのだろうか。相変わらずヴォルフの腕の中でくつろぎながら、きちんとルチアの話を聞いて懐かしい名前に反応した。

「十二年前まで魔王国とタウバッハ国には交易があった。それを一方的にやめたのはそなたの国のほうだ」

「ええ……、存じ上げております」

「自分たちの意志で魔王国との関わりを絶ったというのに、魔王国の資源がほしかったのだろう。だから、攻め入ってきた……違うか?」

いくら魔王国側に人的被害が出なかったとしても、十二年前からルチアはタウバッハという国が嫌いだった。

その憤りを一介の騎士に言っても仕方がないのに、つい八つ当たりをしてしまう。

「タウバッハ国内にも広い視野を持つ者はおります」

「そなたのことか? だが、子爵家の三男にはなにもできないだろう」

「いいえ。私ではなく、我が国の王太子殿下です。……あの方は、現実的で広い視野をお持ちです」

「そなたは王太子と親しいのか？」

「ええ、直接お仕えする立場でしたから。王太子殿下は先の戦には反対の立場でいらっしゃいました」

「そうか……。それは魔族にとっての吉報だ」

今は無理でも、次の世代なら両国はよい関係を築けるかもしれない。ヴォルフの言葉は、ルチアにそんな予感を与えてくれた。

「わたくしは、できればタウバッハとは争いたくないんだ。……だって、あの国には初恋の相手がいるのだから」

「初恋……、誰のことですか⁉」

「い、言わなくてもわかるだろう。辺境伯の孫に決まっている！　なぜ、そなたが顔を真っ赤にするんだ！　無礼だぞ」

男妾を侍らすルチアが、初恋などという純粋な言葉を口にしたからだろうか。ヴォルフは手で顔を覆い、俯いた。けれど耳が赤いせいで、動揺はまったく隠せていなかった。

もしかしたら笑いをこらえているのだろうかと考えたルチアは、憤った。

「……失礼いたしました」

そう言いながら、まだ下を向いている。ヴォルフの謝罪には説得力がまるでない。

不機嫌なルチアは彼にプイッ、と背を向けた。

ルチアの視線の先には、今はほとんど使われなくなった城外の森へ続く扉がある。

そのまま旧道の先にある人間の国に想いを馳せる。

「……魔王国は負けない。だが、ハルや彼の知り合いが戦に赴くことになったらと想像すると恐ろしい。魔王としてのわたくしは、知り合いがいる国だから手加減しろなどと兵に命令なんてできないのだから」

ヴォルフといると、ルチアはいつも調子が狂う。暗殺者の疑いがある男にルチア個人の感情など話してどうするのだろう。

それは、敵に付け入る隙を与えることに繋がりはしないか。

「魔王としての陛下はとてもお強いのですね。そして、ただの貴女はどこまでもお優しい……」

「違う。嫌われたくないだけだ。もう会えなくても、わたくしや魔王国を好きなままのハルでいてほしいだけ」

彼にはタウバッハでの暮らしがあり、きっと二人の人生がもう一度交わることはないのだ。それでも親しかった頃の思い出を、消し去りたい過去にはしてほしくなかった。

タウバッハのすることがどれだけ気に入らなくても、ルチアはその国の民というだけのハルには憎しみを抱かずにいられる。ハル個人が戦いを望んだとは思えないからだ。

けれど逆は成り立たない。理由はどうであれ、魔王国が戦えば、それはルチアの意志となる。

もしハルが参戦しなくても、彼の家族や友人が魔族に殺されたらどうだろうか。きっと戦いを決断した魔王を憎むだろう。

「陛下は、両国間に和平が成り立つ可能性をお考えですか？」

「今だって、成り立っている。いつ切れてもおかしくない糸みたいな絆だが」

「そうではなく……」

ヴォルフが言いたいのは、種族を超えて完全なわだかまりがなくなる状況がいつか訪れるか、ということだろう。

けれど、どれだけ不本意でも、大使に「友好」と言わせたことは大きな成果だとルチアは考えていた。

「わたくしは、魔王国から出たことがないんだ。……いつか、そなたやハルの住む国を見てみたいな。そうなってほしいと考えているし、タウバッハの王太子がそなたのいうとおりの人物なら、希望は持てる」

急にヴォルフが後ろからルチアを抱きしめた。

先ほどまでヴォルフの腕の中にいたはずのオルトスが吠えて不満を表す。

「貴女の願いを叶えて差し上げたかった。……ずっと、そう思っていました」

「ヴォルフ？」

オルトスが吠えるせいで、なにか聞き間違いがあったのだろうか。出会ったばかりの相手に対し「ずっと」という言葉は違和感がある。

「ウゥゥ、ワォン！」

除け者にされたオルトスが、巨大化して二人に襲いかかってくる。鼻先でちょんと押されただけでルチアはよろめき、庇ったヴォルフと一緒に尻もちをついてしまう。

「こ、こら……！　オルトス、そなた、最近甘え――。くすぐったいぞ！」

ヴォルフに抱きかかえられたままの転倒だ。ルチアは彼の膝の上に座っているため、オルトスの猛攻から逃げる術がない。

すでに成犬のくせに、最近妙に子犬時代と同じことをする。

けれどオルトスがそうなる気持ちが、ルチアにも少しだけわかる。魔力を持たないヴォルフのまとう気配が、おそらくハルと似ているのだろう。

懐かしい気持ちになるのはルチアも一緒だった。

だから帰りの遅い主人を迎えに来たアッドロラータにものすごく冷たい視線を向けられるまで、二人と一匹はそのままじゃれ合っていたのだ。

◇　　◇　　◇

ルチアはその晩もヴォルフの奉仕を受けたあと、眠りについた。

いつもなら滅多なことでは起きないのだが、なぜか真夜中に目が覚めてしまった。すると隣で眠っていたはずのヴォルフの姿が見当たらない。

（まさか、なにかこの部屋に罠でも仕掛けているのでは？）

帯剣が認められたヴォルフは、今夜こそルチアを裏切るかもしれない。

最初の頃は内心では「やれるものならやってみろ」という喧嘩腰だったルチアだが、今は違う。

本当は、すべてがルチアの思い過ごしだという確証がほしいのだ。

けれど永遠に魔王国と魔王に友好的である証明など、誰にもできない。

ヴォルフを信じたいルチア。信じられない魔王としてのルチア。信じてあげられない疑り深い自分を嫌悪するルチア……。心の中にいろいろな彼女がいて、戸惑ってばかりだ。

魔王の後継者として育った彼女をここまで翻弄するのは彼がはじめてだ。

ルチアはヴォルフの居場所を突き止めようと寝台から下りて、彼の姿を探した。

物音がしたのは寝室の隣にある浴室からだ。ただ身を清めていただけなのだと安堵するが、そこで、浴槽の湯がとっくの昔に冷えていることに気がついた。

ルチアが身を清めたのは就寝の前で、月の位置から推測すると、すでに数時間が経過している。浴槽の湯は水に変わっているだろう。

彼女は仕えてくれる者がいつどうやって身を清めているのかまで気にしていなかった。

城勤めの者が身を清める場所は、その身分によっていくつも用意されている。

もしヴォルフから質問があれば、ルチアもきちんと説明し、使えるように手配したはず。

「言ってくれればよかったのに」

まさか、主人の就寝後に残り湯を使っているなどとは想像もできない。

「……くっ……あぁ……様……」

低いうめき声が聞こえた。浴室の扉は少しだけ開いている。ルチアがこっそり覗くと、壁に片手をついて、荒い呼吸を繰り返しているヴォルフの姿があった。

右手はルチアの位置からはよく見えない。けれど小刻みに腕を動かしているのはわかる。

「……耐えられない、……ルチア様……はぁっ」

せつなく、甘ったるい声でつぶやいたのはルチアの名だった。

ヴォルフがなにをしているのか、鈍感なルチアでもさすがに察する。ただ声を聞いただけで、ルチアの身体がカッと熱くなり、鼓動が高鳴る。

彼は今まで決してルチアの純潔を奪う素振りを見せなかった。ルチアは、彼が主人の命令に忠実である一方、もしかしたらルチアに対し、劣情を抱かないのかもしれないと考え複雑な思いを抱いていた。

それは彼女に女性としての魅力を感じないというのと同義だ。そんなヴォルフがルチアを思い浮かべながら自慰行為に耽っている。

彼を哀れに思う一方で、彼女の中に別の感情も存在していた。

「そなた、心の中ではわたくしを名前で呼んでいるのか？」

気がつけば、声をかけていた。ヴォルフはビクリと身体を震わせて、顔だけをルチアのほうへ向けた。

「申し訳ありません、陛下」

「二人のときは名前で呼んでもかまわない。そなたは、わたくしのことを考えながら、一人で――」

「ルチア様！　申し訳ありませんが、出ていってくださいませんか？」

顔を真っ赤にしたヴォルフが強い口調でそう言って、ルチアから視線を逸らした。

ルチアはその言葉を無視して、浴室の中に足を踏み入れた。

「わたくしが、手伝ってやろう」

「……？」

「いつも頑張ってくれているから、礼だ。それに男の身体がどういうものか、知っておきたい」

ヴォルフは「してほしい」と口にはしなかった。

けれどルチアが一歩、二歩、と彼に近づいていくのを許している。

ルチアは背を向けたままのヴォルフに抱きつく。ナイトウェアを着たままのルチアと、一糸まとわぬヴォルフ。いつもと真逆だった。

彼の背中は広く、硬い。優しげな風貌で忘れがちになってしまうが、剣を握る者の身体だった。

ルチアは背後から手を伸ばして、ヴォルフの男根にそっと触れた。

「……くっ」

「これがそなたの？　……大きい……」

先ほどまで彼が自分でなぐさめていた分身は、しっかりと勃ち上がったままだった。

魔王一族は魔族の中でも、姿だけならば人間に近い種族だ。だから、人間のヴォルフの男根は、彼女にとってちょうどいい大きさのはず。

けれど今、目の前にあるヴォルフの昂りは、彼女が予想していたよりもずっと太く、長さもある。かたちも歪《いびつ》で、恐ろしく感じるほどだ。

プライドの高いルチアは、はじめて目にする雄の象徴への動揺を隠しそっと手を伸ばした。彼女が撫でただけで、身震いをして、短く息を吐くヴォルフは、少し可愛らしい。

もっと余裕をなくした姿を見てみたいと思わせるくらい魅力的だった。

「どうしたら……？」

自ら進んで彼に触れているのに、やり方には自信がなかった。ルチアがたずねると、ヴォルフは小さな手を包み込むように自分の手を重ねて、導いてくれる。

彼のもの——ではないだろうが、この猛々しい竿と似たようなものがいつかルチアの処女地を侵すのだ。

小柄なルチアにとっては恐ろしい代物だ。けれど、ヴォルフのように相手を気遣ってくれる者ならば……。

ルチアはそんな妄想をしつつ、彼の竿をしごき続けた。

「……とても、……気持ちがいい。もっと強く……、あぁ……善いです」

彼に望まれるまま、傷つけないか不安になりながらも、握りしめる力を強くする。すると、最初から硬かった男根がさらに勃ち上がり、ルチアに喜びを伝えた。

「なにをするんだ⁉」

ヴォルフが予告なしにルチアの手首を取り、そのまま彼女を浴室の壁まで追い込む。そして鎖骨のあたりにキスをしながら、彼女のナイトウェアを脱がしていった。

バサリと音を立てて、足下に布が落ちる。すぐに下着の紐も解かれて、ルチアの肌を隠すものはなくなった。

ひんやりとした壁に背中を預けた状態で、ルチアはヴォルフの愛撫を受け入れた。

今夜は就寝前に、一度同じようにされて高みを経験している。どうやら、その感覚を忘れるには早すぎたようだった。

「……やぁっ、わたくしは……もういいのに……」

今はヴォルフの昂りを静めてあげたいと思っていたのだから、これは違う。けれどいつもより余裕を失って荒っぽい手つきの彼から逃れることが難しい。

ルチアの身体は敏感で、快楽に弱い。ヴォルフに触れられるとすぐにとろけて、抵抗する気が失せてしまうのだ。

ヴォルフの髪をグシャグシャにしながら、ルチアは快楽に酔いしれた。

大きな手で、胸を揺さぶられるのも、痕が残るくらいに強く吸われるのも、たまらない。

胸ばかりに触れられると、下腹部がこの先を求めて、もどかしさに苛まれる。

「あぁ、ヴォルフ……もっと……」

言ってしまってからこれではいけないと気がつく。自分の快楽ばかりを追い求めるのは、いけないことだ。

「わたくしも、触れたいから……ふっ、あぁ。もうやめて」

胸の頂を転がされると、もう立っていられないくらいに気持ちがよかった。ルチアは口ではヴォルフにも快楽を与えたいのだと主張しながら、本当はこのまま続けてほしくてたまらなくなっていた。

ヴォルフの指が、するりと股のあいだに入り込む。

「はっ、あぁっ！」

彼の指が触れた部分は、期待だけで濡れていた。クチュ、クチュ、と音を立てながら花びらを往復する。

小さな芽を押しつぶされるたび、ゾクゾクとした感覚が溢れ出してくる。

親指が敏感な芽を剝き出しにして、弱い力で擦った。それをされるとひとたまりもないのは、ルチアが一番よくわかっている。

「ヴォル……違う……だめ、今日は……あぁ！　そなた……を……」

きっとこのまま果ててしまうのだろう。ルチアはそのときに備えて、ギュッと目を閉じて、震える脚でなんとか身体を支えた。

身体の奥から大量の蜜が生まれ内股まで濡らしてしまった。

「……うぅっ、わたくし……もう、もう……！」

あと少しで弾ける。そう思った瞬間、ヴォルフがすべての動きをやめた。

「どうして？　……わたくし……」

「ルチア様……壁に手をついていてくれませんか？」

「なぜ？」

「もっと一緒に心地よくなりましょう」

「……それはだめだ。わたくしは、王配に選んだ者としか……」

二人で一緒に高みを目指せる方法とは、身体を繋げるということではないのか。将来の王位継承争いを避けたいルチアは、王配は一人だけと決めているからそれはできない。

先に進みたくないのに、口先だけでまともな拒絶ができないのはどうしてか。

「キスと純潔を奪う行為は許さないのでしょう？　必ず守ります……。ですからルチア様も協力してください」

ヴォルフはルチアの肩を支え、ぐるりと向きを変えさせる。ルチアは彼の指示に従って、冷たいタイルの壁に両手をつく。

するとヴォルフはルチアの腰骨のあたりをがっしりと摑み、引き寄せた。

自然と低い体勢となり、臀部を彼に突き出すはしたない格好となった。

「どうすればいい？　……そこ、あてないで！」

明らかにヴォルフの猛々しい竿があたっている。ルチアは身の危険を感じるのに、ヴォルフが約束を違えるとも思えなくて混乱する。

「大丈夫ですから。脚をしっかり閉じていてください」

「……こう、か？　……ん、あぁ、うぅっ」

彼の言うとおりにすると、男根がルチアの太ももや秘部を擦りながら蠢《うごめ》きはじめた。

竿の先にある歪な場所が花びらや花芽にあたり、ルチアがしっかりと脚に力を込めれば、より強い刺激となった。

脚の力を弱めると彼女は快楽を得られない。ルチアが自分の意志で快楽を得ようとしているのだと、否応なしに認めなくてはならなかった。

「そなた、……人間のくせに随分いろいろ知っているんだな……慣れてるのか？」

タウバッハ国では、魔王国とは違って婚前交渉は慎みがない恥ずべき行為とされている。けれど男性に限っては、娼館に通ったり、年上の未亡人と火遊びをしたりという行為を隠れてする者もいるという。

ヴォルフくらい容姿が整っているのなら、きっと祖国では引く手あまたで、相当遊んでいたに違いない。

そうでなければ、こんなやり方を知っているはずがないのだから。

「まさか。ずっと想う姫君がいたので、遊んでなどおりません。一途なんですよ、私は」

「一途だなんて、嘘だ。祖国に……んっ、恋人を残して……？　だったら、言ってくれれば……あぁっ」

「その姫君には想いを伝えておりませんから」

「……ふーん、意外とヘタレなのだな……。もし想う相手が会えるところにいたのなら……わたくしならば……絶対に、あきらめたりしない……あぁ！」

それは嘘だった。ルチアは気になる人がいて、彼が今どこにいるのかを調べる手段を持っているのに、あえてそれをしていない。

相手がどう思っているのかを知るのが怖くて、本音を口にしないという経験はルチアにもある。そして、もしルチアが思ったことをなんでも口にできるとしたら、それは彼女が魔王だからだ。

ヴォルフが「姫君」と言っているのだから、相手はタウバッハの王族だろうか。身分が違えば、そういう状況も納得できる。

忘れたほうがいいに決まっている相手がいつまでも心を占めている苦しさを知っているのに、ヴォルフにはひどい言葉を言ってしまう。

こんなに性格が悪かっただろうかと、彼女は自分の言動がよくわからなくなっていた。

「少し黙っていてください」

「……ん、んん！」

背後から伸びてきた手が、ルチアの口を塞ぐ。それから節のある指が一本、口内を侵しはじめる。ヴォルフを傷つけないように配慮すると、歯を立てないように口を開けるしかなくなる。

ヴォルフの指は、ルチアの頬の内側を擦りあげて、歯列を辿る。やがて舌を撫でるような動きになった。必死に舌を引っ込めようとしても追い縋ってくるせいで、逃げ場がない。

それがキスの代わりなのだとルチアは言われなくてもわかった。

段々と頭がぼんやりとしてくる。唇の隙間から唾液が零れる。ルチアは壁に手をついて、崩れ落ちないようにするので手一杯だった。だから、だらしなく溢れる水滴を拭うことすらできない。

「ん……ふぅ……」

本物のキスはもっと気持ちがいいのだとルチアに期待させる。指の動きが「本当はほしいのでしょう?」と彼女を誘っていた。

硬いもので繊細な秘部を擦られながら、口内を指で侵されている。

一度にいくつもの場所を探られて、肌が触れあうと、もうどうなってもいいと思えた。

「とても善さそうです……」

耳たぶや首筋にわざと息を吹きかけながら、ヴォルフは意地悪を言った。

彼も同じように気持ちがいいのだろうか。ルチアはたずねたかったが、それすらできなかった。

「ルチア様……、ルチア……」

名前を呼ばれるたびに、体温が高くなる気がした。思考が鈍く、ヴォルフのことしか考えられなくなっていった。

「ん、んんっ！　ん────っ！」

「達《い》きそう？」

問いと同時に、口内をまさぐっていた手が引き抜かれる。役目を終えた手は、そのままルチアの胸を激しく揺さぶりはじめた。

「あぁっ、……だめ、いぃ……達っちゃ……あ、あぁ！」

もっと刺激を得たくて、ルチアは脚をギュッと閉じ、背中を反らす。そうすると内股を行き来する剛直が、花芽にあたるのだ。

教えられてもいないのに、自然とこんなことができてしまうルチアは、快楽に弱い淫らな女だった。

「ヴォルフも……、ねぇ！　お願い……っ」

ルチアから漏れ出た密が潤滑剤となり、浴室内に水音が響く。

顔が見えなくても、ヴォルフが本気だと態度が語っていた。荒い呼吸を繰り返し、何度もルチアの名前を呼びながら、ひたすら高みを目指している。

「気持ちいい、あっ！　あ、……あああぁぁ！」

先に果てたのはルチアだった。

花芽から生まれた快楽が全身を貫いて、もう戻ってこられない。

脚がガクガクと震え、ルチアはその場に崩れ落ちた。床に膝をついて、荒い呼吸をなんとか整えようと必死だった。

けれどヴォルフは、そんなルチアにかまわずもう一度彼女の腰をがっしりと掴んだ。四つん這いで、臀部だけを思いっきり彼のほうへ突き出す格好をさせられる。

「待って……、ヴォルフ、だめ……あ、あぁっ」

また、互いの敏感な部分を擦り合わせる行為が再開された。ルチアの脚は生まれたての子鹿のように震え、まったく力が入らない。

それを察したヴォルフが、太ももを強く掴んで、押さえ込んだ。

「ヴォルフ、ちょっとだけ……待って……やぁっ」

「あと少し、……もう、……少しだから……」

意識が朦朧《もうろう》とするのに、花芽だけは貪欲に快楽を得てしまう。息が苦しいのに、気持ちがよくて、また果てるのだとすぐにわかった。

「あ……、あっ、あぁ、んん——!」

目を閉じると、瞼の裏側がチカチカと光る。一度目よりも大きな波が押し寄せてルチアのすべてを支配した。

「私も、……うぅっ、……達く……」

股のあいだにあった男根がずるりと引き抜かれる。ルチアが惚けていると、遅れて温かいものが太ももや臀部に放たれた。

「ヴォルフ……?」

「……はぁ、はぁ……申し訳……」

最後はまるで野獣だった。オルトスが興奮してルチアの命令を聞かなくなるのと共通するものがある。

もっとも、オルトスの命令違反はルチアを舐めまわすときだけだから、まだ可愛げがあるのだが。

「いいや、……気にしなくていい。誘ったのはわたくしだから」

ルチアはヴォルフの手を借りながら、なんとか立ち上がった。

彼に対するルチアの評価が、今の行為でかなり変わったが、憤るのは間違っている。ただ、普段穏やかな彼がここまで我を忘れたことが意外だった。

「では、せめて綺麗に洗わせてください」

「少し待っていろ」

ルチアは浴槽に張られた水に腕を入れ、魔力を使って湯を沸かした。

「便利な力ですね」

「仮にも魔王だから、これくらい造作もない。……でも、わたくしはこの能力が一番好きだ。無害だし心地がいい。そなたも冷めた湯で身を清めようなどとはもう考えないでいいぞ。ここでは風呂に入り放題だ」

「ありがとうございます」

ヴォルフは浴室の床に座り、ルチアを膝の上に乗せた。

桶を使って彼が放った精を洗い流したあと、石けんを泡立ててルチアを清めていく。女官にしてもらうことも多いのに、丁寧に髪と身体を洗われると、なぜかくすぐったい。

手つきがたどたどしいせいだろう。それから大きな手のひらで肌に触れられる感覚も、油断すると先ほどの行為を思い起こさせる。

「ヴォルフ。あんまり……」

胸を洗う手つきは、丁寧に見せかけていやらしかった。

「私が汚してしまった場所を清めているだけです」

「……なっ！　困る……だって、そなたが触れたのは——」

彼が触れたのは、ルチアの敏感な場所ばかりだ。せっかく落ち着いてきたというのに、また身体に熱が籠もりはじめる。

「洗っているだけでしょう？」

「やっ、わたくし……疲れてしまうから……。魔王は、忙しい、んっ、あぁ」

ジタバタと抵抗すると、泡で滑るせいで彼に背中を預けるかたちになった。

不埒な手が、「汚したところ」を辿って、ルチアを翻弄する。

「……？　そなた、また……」

後ろから抱きしめられると、ルチアの臀部に硬いものがあたってしまう。洗うだけだと言っていたのに、これでは嘘ではないか。

「私が今までどれだけ耐えていたのか、これで少しは理解していただけましたか？　ねぇ……？　美しく、男を翻弄する残酷な魔王陛下……」

下腹部の昂りをルチアに押しつけながら、不埒な手はさらに胸や秘部に伸びてくる。

（早く、この男をどうにかしないと……わたくしは……）

翻弄しているのははたしてどちらだろうか。裏切るか、国へ返すか、それとも本当にルチアだけのものになるか――。態度を決めてくれないと、きっと彼を手放せなくなってしまうだろう。

「……や、やだ……！　ヴォルフ……、あぁ！」

「ルチア様は、……っ、……私を一瞬で排除できるのでしょう……？　抵抗しないのは、貴女もまだもの足りないからだ……」

抵抗する力を持っていると言いながら、結局ルチアは彼に囚われていた。

今晩だけでも何度も絶頂を味わった彼女にはもう体力が残されていなかった。途中からなにをしているのかもよくわからない状態になりながらも、快楽だけはしっかりと感じ取る。そうやって何度目かの絶頂を味わった直後、パタリと意識を失った。

第四章　別れはいつも突然で

　将軍に誘われたヴォルフは、翌朝からルチアの身支度を手伝ったあと、魔王軍の鍛錬に参加するようになった。

　あくまで人間であることを隠さず、騎士の隊服を着たままだ。タウバッハの者としてあり続ける彼の態度が、最初の頃は一部の者からの反感を買っていた。

　夜の行為のときに彼の身体を確認すると、鍛錬でできた痣や傷があった。

（わたくしのものなのに……！）

　ルチアの心の中には彼に対する独占欲がある。

　武術の訓練だから仕方ないのはわかっているから口にはしないが、真っ青になった痣を見つけるたび、傷つけた相手に腹が立った。

　彼はなにも言わないが、傷の一部は、剣の鍛錬と称して、気に入らない相手を堂々と痛めつけるものだったに違いない。

　いくら剣術が得意でも、本気の魔族に勝てるはずがないのだから。

　けれどヴォルフの状況はたったの十日で変化する。

ルチアは時々、執務の合間の休憩時間にこっそり彼の様子を覗きに行った。

最初はダレッシオ将軍ほか数名としか会話をしていなかったのに、いつの間にか彼の周囲に人が増えていった。

「……なぁ、ヴォルフ殿。どうやったら、その速度で剣を繰り出せるのだ？」

ヴォルフに話しかけているのは、魔王軍の下士官だ。狼の獣人で、ふさふさの尻尾がものすごい速さで揺れている。

遠目で見ても、悪意ではなく、好奇心で話しかけているのがわかった。

「肘と身体全体の動きですね。人間は個々の身体能力に差がないので、技術を磨かないと強くなれませんから」

ヴォルフがゆっくりと腕を振り、剣の型を解説している。

ここ何日か観察したところによると、圧倒的な腕力を持っている魔王軍の兵に対し、俊敏さを活かした剣さばきでヴォルフは対等に戦っていた。

もちろん、寸止めで終わる模擬戦闘だからこそ、魔力を持たないヴォルフが対等に渡り合えている部分もある。

それでも非力なはずの人間の努力が、基本的に熱い男ばかりのダレッシオ将軍の部下たちの心を揺さぶったのだ。

「ちょっと手合わせしてくれないか？」

「ええ、やりましょう！」

ヴォルフが兵に向かってほほえみかける。

（また、人……魔族たらしの特技を使って！　ヴォルフはわたくしのものなのに）

本心では、魔族と親しくなって魔王国で暮らしてくれないだろうかと望んでいる。魔王軍の兵と友好を深めるのは、いいことだ。

けれどルチアはおもしろくなかった。

「俺に勝てたら、可愛い同族の女の子を紹介してやろうか？」

その瞬間、ルチアの内側に抑えきれない衝動が湧き上がった。

「……寒っ！」

寒いのは、ルチアが大気の中の水分を操って、凍らせているからだ。兵が驚いて周囲を見まわすが、木陰に隠れたルチアには気がつかない。

無意識に魔力を使ってしまい、ルチアは慌ててそれを停止すると、気温をもとに戻した。

「あれ？　気のせいだったか……？」

兵はポリポリと頬を掻きながら、首を傾げる。

「女性の紹介は結構です。その代わり次の非番の日に、葡萄酒一杯でどうですか？」

「俺は麦酒がいいな！」

「ではそれで」

相手が広い場所に向かって歩きだす。ヴォルフもそれに習うが、途中で振り向き、ルチアに向かってほほえんだ。

（気づいていたのか……）

それから、口を動かしてなにかを伝えようとするが無音のため、彼女には意味がわからない。「やりすぎですよ」「嫉妬ですか？」「夜まで待っていてください」、とルチアは勝手に彼の言葉を妄想し、赤面した。

「ルチア陛下、なにをなさっているのですか？」

高いところから、低い声が響く。いつの間にかルチアの背後にダレッシオ将軍が立っていたのだ。

「皆の様子を見に来た」

「木陰から覗き見するように……でございますか！　ここ十日ほどよく皆の様子を見に来てくださって感謝申し上げましょう。城の警備を担う我らの士気はかつてないほど高うございます。ハハハッ！」

「将軍！　嫌みだろう？」

ヴォルフにも将軍にもルチアの行動はきっと筒抜けだった。

「ですが、魔力で周囲の気温を下げるのはおやめください。まったく、魔王一族は嫉妬深くて敵いませんな」

嫉妬ではなく、ここへ来た理由は弱い人間のヴォルフが怪我をしていないか確認のため――そう言おうとして、ルチアは口を噤《つぐ》む。

それは結局、ヴォルフが心配だったと認めることになる。それに友好的な態度の兵に冷気を浴びせた理由にはならない。

ヴォルフが自分以外の者と仲良くしていたから嫉妬したという以外に、説得力のある言葉が出なかった。

「そろそろ休憩も終わりだ。……わたくしは忙しいのだ。それでは将軍、よろしく頼む」

まだニヤニヤと訳知り顔の将軍が、仰々しく敬礼をしてルチアを送り出した。

◇　◇　◇

将軍と別れたルチアは〝水鏡の間〟で先読みの儀式を行う。

彼女はすべての事柄を見通す力は持っていない。

優先して見るのは、国境の安全と自然災害のみだった。

歴代の魔王が培った経験則により、決まった地点を一定の期間観察すれば、災害や敵の侵入を阻止できる仕組みを作り上げた。

裏を返せば、謀反が起こるかどうかは先読みをしないし、魔王本人の病気や事故なども防げない。

臣を監視することで謀反を回避することは可能だ。けれど過去にそれをした魔王は、先読みに頼りすぎ、疑心暗鬼になってしまった。やがて力の使いすぎによって心を壊し、結局身を滅ぼす結果となった。

まずは魔王が臣を信用しなければ、信頼関係は築けない。だから、よほどの事情がない限り、魔王は臣の未来を見ない。

例外として、重要人物が誘拐された場合などは、その者の居場所を探るために先読みをすることがある。それすら明らかに国益を損なう場合にのみ行われる特殊な例だった。

ただ、かわいそうだから、助けたいから——そんな理由で皆の未来を見続けたら、魔力がいくらあっても足りない。

魔王はあくまで国主として、広い視野を持つ冷静で冷酷な存在でなければならない。

「ヴォルフを見るのは……もうやめよう」

彼の先読みをしていた理由は、彼が敵だからである。

不鮮明ながら、彼の未来は見えている。それなのに毎回解釈を間違え、彼のほうは暗殺する機会が何度あっても実行しなかった。

「わたくしは結局、ヴォルフを信じたいだけなんだ。……信じたい相手の行動を先読みで知るのは、過去に破滅した魔王と同じになってしまう」

敵の行動を探るために、力を使うのにはなんの躊躇もいらない。けれどきっともう、ルチアの中で、ヴォルフは裏切ってほしくない人物になっている。

そういう人物に対しては、先読みをして監視するのではなく、思いを言葉にして信頼を得なければならない。

だからこの日は、魔王としての先読みだけを行った。

「今日は河川だったな」

ルチアはいつものように泉の水を操った。しばらくすると石舞台を取り囲むように水面が浮かび上がる。

風や木々の香りまで感じられそうなくらい、鮮やかな世界が水面に映し出される。

(ヴォルフ以外は鮮明に見えるんだな。結局どうしてかよくわからないままだった)

彼女の目の前には、魔王国の北の山脈からはじまり、南へと流れる川がある。

川の周辺には麦畑が広がっている。青々とした麦穂《ばくすい》がやがて黄金に変わる様子を、時間を早巻きにして眺めていく。

川の上流から下流まで、主要な農耕地帯は全部で三つ。豊作が期待できそうだった。

「あれは……?」

収穫の季節を見ているのに、一つの地域だけ土の色がはっきりと確認できる場所があった。おかしな場所を探し当てたら、その地域に絞り、もう一度今に近い時間からゆっくりと時を進めていく。

「嵐が来て堤防が決壊するというのだな……」

決壊が起きる地域と季節を、記憶に留めた。

先読みが終わったら、それを臣に伝え、決壊が予想される場所の補強工事を計画する。

完了後にもう一度同じ場所の先読みをすれば、この場所の危険は取り払われたことになる。

「ふぅ……」

　先読みの儀式を終えるとほどよい疲労を感じる。同時に達成感もあった。

　ルチアは飛び石を歩いて〝水鏡の間〟から城内に戻る。扉の近くにはアッドロラータが控え、ルチアが戻ってくるのをいつものように待っていた。

「今日はずいぶんとお早いですね」

「普段と変わらないだろう？　予定どおり、河川についてしっかり確認してきた」

「河川のみ、でしょうか？」

　ヴォルフについて先読みをしなかったのか、という意味だ。

「そうだな……。ヴォルフのことは、もういい。あの者については先読みすべき対象からははずしていいと思う」

　それは敵と認識するのをやめたという宣言だ。

　アッドロラータはとくに驚く様子もなく、頷いた。

「かしこまりました、それでは今後は私もヴォルフ殿をそのように扱いましょう」

「別に完全に信用したわけじゃない。だが、わたくしは歴代の魔王が残した過ちの記録を引き継ぎ、力の使い方に気をつけなければならないのだ」

　ルチアの強い言葉に、アッドロラータはわずかにほほえんでみせた。年下の主人の成長を喜んでくれているのだろうか。

　魔王の執務室に辿り着くと、ルチアは地図を広げ、堤防の決壊予測の報告書の作成に取りかかる。

「さて、では今日は書類仕事を片付けよう。すまないが、疲れたから蜂蜜たっぷりの果実水を持ってきてくれないか?」

「かしこまりました。あの、果実を入れる意味があるのかわからないほど蜂蜜の味しかしない飲み物ですね」

「うん……それでいい」

アッドロラータが、飲み物を用意するために執務室を去ると、入れ替わるように内務大臣であるジルドがやってきた。

「ちょうどいいところに来てくれた。河川で一箇所危険な場所があるから、今それをまとめていたところだ」

書き終えたばかりの報告書を差し出しながら、ルチアは先読みの結果を彼に聞かせる。

「三ヵ月以内に日照りはないが、豪雨とそれに伴う堤防の決壊がある」

「……決壊、ですか。直ちに技術者を派遣いたします」

「早急に対応してくれ。それから、堤防の決壊が起こる地域より下流の場所も必ず確認するように」

先読みの結果、ある地点の堤防を補強する。すると、ルチアが見た光景では、田畑に流れ込んだはずの水が、下流へと流れると予想される。

つまりはルチアの指示で変えた未来によって、別の地域の水かさが増し、氾濫の可能性が出てくるのだ。

もちろん、補修工事の完了後、もう一度河川全体の先読みはする。けれど、読んでから一箇所ごとの対処を繰り返すと、最終的に間に合わない事態がありえるのだ。

魔王の職務はただ先を読むことだけではない。未来を変えることによって生じる別の問題についても、同時に考える必要があった。

「かしこまりました」

ルチアの意図を察したジルドが深々とお辞儀をした。

「よろしく頼む。それさえ防げれば、今年は豊作が期待できそうだ」

「それではルチア様の予想をもとに、来年度の税収を試算し、予算の割り振りをいたしましょう」

先読みは災害や戦を回避する。結果として安定した国の運営に繋がる。けれど、ただ読むだけではだめだ。

ジルドをはじめとした臣が、魔王の予測する未来を信じ、変えるための方策を調えてくれるからこそ、平和は保たれる。

「うん、頼りにしているジルド殿」

彼の父は、弟であった先王に臣として仕えてくれたという。ルチアにとって伯父にあたるその人物は、数年前に病でこの世を去っている。ジルドは父親の跡を継ぐかたちで、先王とルチアを補佐してくれている。

軍にはダレッシオ将軍がいて、内政に関してはジルドがいる。有能な臣がいるからこそ、ルチアの治世は今のところ平和で豊かだった。

「そういえば陛下は、本日もあの男妾のところへ行っておられたのですか？」

突然ヴォルフについてたずねられて、ルチアはドキリとした。

「皆の様子を見ていただけだ。わたくしが声をかけると、士気が上がる」

「一人の男——それも人間に肩入れするのは問題があると思いますよ」

ルチアの苦しい言い訳は、ジルドには通じなかった。

「肩入れしているわけじゃないが……。それに種族や身分など、どうでもいいではないか」

魔族は、伴侶の種族や身分を重視しない傾向がある。

魔王国には貴族という制度はないが、種族による優劣は存在している。

魔王軍は竜族など突出した強さを誇る種族が束ねているし、文官だと高い魔力を持った一族の出身者が多い。魔力や能力は基本的に親から受け継がれるのだから、それを覆すのは不可能なのだ。

けれどどこかに突出している力のある種族同士だと、なぜか伴侶としての相性が悪い場合がある。

例えば、ダレッシオ将軍のような竜族は、魔王一族より身体能力が圧倒的に高い。

けれど竜族の娘が魔王の妃となった例は過去に一度もない。

魔王一族と竜族は、友人関係にはなれても、結婚相手としての相性は最悪だからだ。身体の造りがあまりに違いすぎると、そもそも性交渉ができない。

ルチアの一族と竜族では、身体の大きさとそれに伴う生殖器官の大きさや仕組みがかなり違うのだ。

「確かに、魔王国では伴侶の身分は重視されません。ですが、タウバッハは隙があればまた攻めてくる――信用できない国の人間などふさわしいはずがない」

「ジルド殿、わたくしはあの者を王配に定めたわけではないよ」

「そうでしょうか？　ならば、ほかの者にも夜伽を命じられたらいかがですか？　比べてみなければわかりません」

女魔王ならば、多くの男を寝台に侍らすことも許される。ルチアは王配を一人に定めると決めているが、まずは候補者を選ばなければはじまらない。

それは十分にわかっている彼女だが、どうしても行動に移せなかった。

ヴォルフと朝を迎えて、先読みの正しさを証明したかったから。

ルチアのプライドが、男妾として扱うという宣言を撤回できなかったから。

そんな理由が重なった結果だけならば、ルチアはほかの男に夜伽を命じてもいいはず。

「ほかの者……？」

けれど、誰も思い浮かばない。ヴォルフ以外の男から奉仕を受ける想像をすると、ゾワりと鳥肌が立つほどだ。

ジルドの言うとおり、いつ敵となるかわからないタウバッハの人間が、王配にふさわしくないのは理解できるのに。

ルチアが言葉を詰まらせていると、ジルドが距離を詰めてきた。

執務机の上に置かれていた彼女の手をそっと握る。

「同族である私はいかがですか？　……魔王陛下」

彼はそのままルチアの手のひらに唇を近づける。

同じ水を操る魔王一族のジルドは、王配候補の条件の揃った相手だ。頭がよく、二代の魔王を支えてくれている実績がある。

ルチアにとっては同族の年長者だが、きちんと彼女を主人として扱っている部分は好ましい。王配は、あくまで魔王を支える臣でなければならないからだ。

魔王として正しい行動がなにか、頭の中ではわかっている。

けれど、心がついていかない。

ルチアは抑えられなくなりそうな感情の爆発を、魔王としての理性で封じた——つもりだった。

「出過ぎた真似はおよしなさい、ジルド殿」

扉のほうからアッドロラータの声がした。

次の瞬間、執務室の気温が真冬のように冷たくなっていることにルチアは気がついた。

そして、ルチアに触れていたジルドの指先が凍って動かなくなっていた。

「……あっ！」

ジルドの表情が苦痛で歪む。

ルチアは暴走させた魔力を必死に鎮めた。

「すまない」

「いいえ、私も水を操る一族ですから耐性はございます。すでに父の代で王族であり続ける資格を失った身、出過ぎた発言をお許しください」

「そなたは、頼れる臣ではあるが、いとこ殿だ。昔から兄のように思ってきた。だからこそ、そういう対象にはならない。……申し訳ないな」

ジルドが凍った手を反対の手で隠すようにしながら、深々と頭を下げた。

「王配の件は、近いうちに決着をつける。魔王として、いずれ選ばなくてはならないのだと理解しているから安心しろ」

手を押さえながら退室するジルドに、ルチアはそう声をかけた。国主として正しい言葉を選んで取り繕うが、ルチアはかつてないほど動揺していた。

その日出会ったばかりのヴォルフには、肌に触れることを許した。

一方で信頼している臣の一人であるジルドには、手の甲へのキスすら許さなかった。

ヴォルフは時々強引で、ルチアが拒絶しても奉仕をやめなかった。本当に恥ずかしくて、やめてほしいと感じたことは何度もあるのに、ヴォルフを傷つける魔力の暴走は一度も起きていない。

机の上にそっと蜂蜜入りの果実水が置かれた。

ルチアは、それを一気に飲み干して冷静になろうと試みる。

「アッドロラータ……、わたくし……変だ」

冷えた飲み物も、今のルチアを落ち着かせることはできなかった。

ヴォルフだけを受け入れている理由は、なんなのか。

自分でもよくわからないのが一番恐ろしい。顔が好みというだけならば、魔族にだって見目麗しい青年はたくさんいる。

合理的な魔王でいたいのに、ヴォルフの顔やしぐさを思い浮かべると、心臓の音がうるさくなり、感情が溢れ出しそうだった。

「ルチア様」

姉代わりの女官は、そんなルチアにほほえんでくれる。

「ルチア様が変なのは、昔からですよ」

ルチアは厳しくも優しいところがある女官になぐさめの言葉を期待していたのだ。

けれど、今日もアッドロラータは厳しかった。

◇　◇　◇

執務を終えたルチアは私室に戻った。寝転がったオルトスと、彼の肉球を布巾で清めるヴォルフが出迎えてくれた。

「お帰りなさいませ、ルチア様」

「ただいま。……どこかに出かけていたのか？」

「ええ、オルトス殿の散歩です。おみやげに棗《なつめ》の実を持って参りました。オルトス殿が木を見つけて催促するので、ルチア様がお好きなのだと思いまして」

ヴォルフに対する最後の先読みは、どうやら棗の木の枝を手折る場面だったようだ。

「もしかして北の森へ行ったのか？」

確かにルチアは林檎のような味の甘酸っぱい小さな実が好きだった。けれどおみやげを持ってきてくれたことではなく、彼らがどこに行っていたかが気になった。

魔王城の近くで、棗の木がある場所としてすぐに思い浮かぶのが旧道のある北の森だからだ。

ルチアは焦りを覚えた。あの場所は魔族であっても人間であっても、魔王から許可が与えられている者しか通り抜けることができない。

旧道そのものが、人の目には見えないのだから、許可を得ずに足を踏み入れれば、やがて方向感覚を失い、魔獣の餌食になってしまう。

けれど森の住人である魔獣は別だ。

森で生まれたオルトスは、国境を簡単に越えられて、且つ人の言うことを聞く唯一の存在だった。つまりオルトスを手懐ければ、魔王の許可がなくても国境を越えられるということになる。

魔犬は高い知能を持っているが、本来は凶暴でプライドが高い。オルトスは子犬時代から人に慣れている稀な存在だ。そして拾って介抱したルチアとハルの命令しか聞かない。

ヴォルフについても後輩か世話係という認識で、受け入れているだけのはず。

けれど今になって、ヴォルフがオルトスを利用する可能性に気がついて、背筋が凍った。

「北の森？　あそこは魔獣の住み処でしょう？」

恐ろしい場所に行くわけがない、とヴォルフは笑う。

魔王国側の北に広がる森は、タウバッハ側からするとアークライト領の南の森となる。

ヴォルフも当然、森の危険性を知っているのだ。

「それもそうだな」

ルチアは胸を撫で下ろす。

賢いオルトスは北の森へヴォルフを連れていったりはしないし、ヴォルフもあの森が通行可能だとは気づいていない様子だ。

「オルトス、いい子だ……。おみやげを運んでくれてありがとう」

愛犬を疑ってしまい申し訳ない気持ちになったルチアは、小型化しているオルトスを抱き上げてスリスリと頬ずりをした。

「クゥン」

どれだけヴォルフに懐いていようが、オルトスの主人はルチアだ。成犬になっても甘えん坊だった。

「……オルトス殿はそろそろ夕食の時間ですよ」

ヴォルフの言葉に反応し、オルトスの耳がピンと立つ。

「ワォン」

いつの間にか、オルトスの寝床の近くにたっぷりの餌が用意されていた。

先ほどまでルチアに甘えていた姿は、幻だったのだろうか。オルトスはぴょんと床に飛び降りて、餌の方向へまっしぐらに駆けていった。

「まったく！　食べ物に釣られるなんて薄情だぞ」

急にふわりと身体が浮いた。

「ヴォルフ？」

彼が予告もなしにルチアを抱き上げたのだ。

「ご褒美はいただけないのですか？」

棗の実をあげたのに、礼の言葉がない。そのくせオルトスばかりをほめて可愛がるのはおかしい。ヴォルフは、そんな非難の視線を向ける。

そして隣の寝室にあるソファまで運ばれた。

「なに言って……そなた、魔犬と同じ扱いでいいのか？」

ヴォルフを魔王城に迎え入れた初日。確かにルチアは、彼をオルトスと同等に扱った。

けれど、あれがちょっとした嫌がらせであったことくらい、彼にはわかっているはずだった。

「今日は貴女のためにたくさん働きました。褒美をお与えください……ルチア様」

棗の実を取ってきたことだけではない。愛犬の世話や魔王軍に交じっての鍛錬もルチアのための労働に含まれるのだろうか。

帯剣した理由は、ルチアを不埒な男から守りたいからだと言っていたのに、肝心なときにそばにいなかったくせに。

「図々しいぞ……」

彼がそばにいてくれなかったのは、彼女がそう命じたからだ。それなのにルチアは少しだけ腹を立てる。

けれど彼はルチアの言葉を無視し覆い被さってくる。ソファの肘掛けやクッションが邪魔をして、ルチアは逃げ場を失う。首に顔を埋められ、肌をきつく吸い上げられた。

彼から漂う香りがいつもと違っていた。午前中は剣の鍛錬をして、先ほどまでオルトスと散歩に行っていたせいだ。わずかに汗のにおいがした。

それすらヴォルフのものならば、不快だとは思わなかった。生きている、男の人なのだと強く認識させられる。

「待って……身を清めていないし晩餐も……」

ヴォルフの汗は気にならない。けれどルチアも同じ状態かもしれない。

そんな不安で胸を強く押しても、彼はそのままルチアを味見するかのように、首筋に舌を這わす。

「とびきり甘いですよ」

「やめ……て」

いつも同じだ。ヴォルフは肌を重ねるときは強引で、うわべだけの拒絶を無視する。

「本当にだめ。話したいことがあるんだから」

「……話ですか？」

彼はわずかに顔を上げて、まっすぐルチアの瞳を見つめた。ルチアはソファに背中を預けたままの体勢で、彼の頬に手を伸ばす。

「わたくしはそなたを信用していない。……まだ、できない」

彼は小さく頷いた。いつ再び戦になってもおかしくない敵国の人間をすぐには信用できないことに理解を示したのだろう。

「ヴォルフはいつかわたくしを裏切るのか？　わたくしは、そうならないでくれればいいと思っている。……そなたにはずっとここに留まってほしい。望むのならば、タウバッハからの客人ではなく、この国での身分を与えたいと思っている」

男妾などという扱いをしたのはルチアなのに、今さら都合がよすぎるだろうか。

不安になりながら、ルチアは答えを待った。

「私がルチア様を裏切ることは絶対にありえない。ですが、……一度国へ帰らなければなりません」

「帰る……つもりなのか？　そうなのか……」

大使一行の護衛騎士として、旅の荷物しか持たずに彼は異国にいる。

ルチアがタウバッハの住まいから大切なものを取り寄せたほうがいいと提案しても、必要ないと言っていた。

そこから、彼がこの地に長く留まるつもりがないのだと、ルチアは最初から察していたはず。

それなのに、彼の口からはっきり告げられると、胸が詰まる。

「私がここに留まる目的は、魔王国とタウバッハの友好で間違いありません。騎士の名誉にかけて、それが真実だと申し上げておきます。……ですが、二国間の外交関係になんらかの前進があれば、そのときは帰国いたしたく思います。もちろん、私が留まることが賠償金減額の条件でしたから、ルチア様の許可があれば……ですけれど」

きっとそうだろうなとルチアは覚悟していたはずだった。

けれど胸が痛い。ルチアはずっと一緒にいたいと願った相手と離ればなれになるつらさを知っている。

ハルとの別れは覚悟する間がなかった。今回は違う。ルチアには引き留める時間が与えられている。

「なんらか……とは？」

「例えば、賠償金がきちんと支払われたら、……でしょうか」

タウバッハが国家の約束を履行したら、今回の国境での争いは一応の決着がついたことになるのだろう。そのタイミングで帰国するというのは、妥当だった。

「祖国に待っている者がいるのか？」

「いいえ。ですが私にはタウバッハで成すべきことがあるのです」

魔王であるルチアはなにを望んでも許される立場だ。ルチアがヴォルフの出国を認めず、軟禁したとしても、誰も彼女を罰することなどできない。

「そうか、わかった。……だがそのときまで、そなたはわたくしのものだ」

結局、ルチアはヴォルフの意志を尊重する。

つい先日、想う相手が会えるところにいたのならあきらめないと語っていたくせに、臆病で、引き留める言葉の一つすら声にならなかった。

けれど、だったら今だけは――そんな想いで、頬に触れていた手を彼の頭のほうへとまわす。それから、少しだけ身を起こし、顔を近づけた。

時々察しの悪くなってしまうヴォルフは、なにをするつもりなのかわからないようだった。

ルチアはそのまま引き寄せて、彼の唇を奪った。彼女にとってはじめてのキスだった。

情緒もなにもない、ただ触れただけ。経験のないルチアは、どれくらいの時間重ねていればいいのかすらよくわからなかった。

鼓動がうるさく、すぐに息が苦しくなる。

パッと離れたルチアはヴォルフがどんな反応をするのかわからず、それが恐ろしかった。だから耐えられなくなって、視線を逸らした。

「わかったか？　そなたは、わたくしのものだ。少なくとも、今は……」

「ええ、私はルチア様のためにあります。……ずっと、永遠に」

ルチアは有限でいいとはっきりと口にした。ヴォルフがいつかは祖国に帰りたいと言ったから、認めたのだ。

できもしない約束は悲しいものだというのに、彼は永遠だという。

抗議しようと視線を戻すと、ヴォルフと目が合った。

「ヴォル――」

今度は彼が近づいてきて、ルチアの唇を奪った。軽くキスをしたあと、下唇だけをついばむ。二度、角度を変えたあとに、厚みのある舌が口内を侵した。

これが本物のキスだとルチアに教えるための行為だった。

「……ふっ、ぁっ、ん」

急に身体から力が抜けた。

ヴォルフはそんなルチアを気遣う様子を見せず、続きを求めた。

ソファに背中を預けているせいで、ルチアには逃げ場がない。深くまで舌が入り込んで、ルチアのそれと絡まる。とろけてしまいそうなほど心地のよい行為だった。

ルチアは、もっとしてほしくてヴォルフの背中に腕をまわし、強く抱きしめた。

きっとなんとも思っていない相手とキスをしても、こんなふうには感じないのだろう。

もっと、もっと――と、段々彼のことしか考えられなくなっていく。

触れているのは唇だが、下腹部がじんわりと熱を持った。このままキスを続けてもらえたら、それだけで高みを目指せそうな予感がした。

けれど、ルチアの期待どおりには進まない。

ヴォルフの唇は予告なく離れていってしまう。

「……ん、なんで……？　やめないで……」

続きを欲して、たぐり寄せるようにして顔を寄せる。

ヴォルフは困った顔でほほえんだ。

「ルチア様も」

それだけ言って、すぐに戻ってくる。

今度はルチアのほうも彼の口内に舌を差し入れた。二人が好き勝手に動くと、どうしても隙間ができて、そこから音が漏れた。

「……ふっ、……ん、ん！」

はしたないのに、やめようとは少しも考えない。

夢中になって、ヴォルフの歯列を辿り、頰の内側のかたちを探った。厚みのある彼の舌と自らのものが絡まる感覚がたまらない。

ただキスをしているだけで心臓が高鳴り、息が上がった。

それだけではなく、もっと別のところに触れてほしくなっていく。口が塞がれていなかったら、きっとルチアのほうからおねだりをしていただろう。

けれどヴォルフから求めてほしい気持ちもあった。ルチアはとっくにヴォルフのしてくれることすべてに溺れている。

けれど、求めて与えられるだけの関係では満足できなくなっていく。彼のほうもルチアに溺れて、余裕などなくなってしまえばいいと思った。

だから彼を挑発するように、背中を撫でて、太ももを擦り合わせて、男の象徴がある部分を少しだけ刺激してみる。

それに応じてヴォルフもルチアの服を適当に乱して、スカートの中をまさぐった。

不埒な手はすぐにルチアの敏感な場所に辿り着く。

「――んっ、あぁっ！」

下着の上から花芽に触れられただけで、ルチアは大げさに喉を反らした。自然に唇が離れてしまう。

「だめです。続けて……」

覆い被さっているヴォルフが再び唇を強く押し当てた。苦しいくらいに彼の重みを感じる。

それすらも、彼に求められている証拠のような気がして、ただ嬉しかった。

手探りで下着の結び目を探られる。細い紐で留まっているだけの下着は、シュルリと解くだけで、すぐに取り払われた。

「……んっ、んん！」

キスと下着の上からの愛撫で、ルチアの秘部は十分すぎるほど潤っていた。

クチュ、クチュ、と音を立てながら、太い指が花びらのかたちを辿り、中央に突き立てられた。

今までは決して深い場所までは入ってこなかったのに、今日は違う。節のある太く長い指が一本、ルチアの内壁の奥まで差し込まれた。

いつものルチアならば、少なくとも言葉では抵抗していた。けれどヴォルフからキスをやめないように言われていたから、それすらできない。

キスには相手の理性を奪う効能があるらしい。

なにも受け入れたことのない内壁は、とにかく敏感だった。指が蠢く感覚は、ピリッとした痛みを伴う。新しい場所に触れられるたび、恐ろしいのにやめてほしくなくて、戸惑った。

身体の内側から信じられないほど蜜が溢れ出し、ヴォルフの指が動くたびに、音を立てた。

「……ふっ、ぁ」

ルチアは必死で手を伸ばして、服の上からヴォルフの男根に触れた。ベルトを取りはずそうと試みるが、彼の手技に邪魔されて、上手くいかない。

「……ヴォルフ、だめ……わたくしにも……させて……」

イヤイヤと身をよじり、ルチアはなんとかキスから逃れる。

はぁ、はぁ、と何度も大きく息を吐いて、乱れた呼吸を整えた。

ヴォルフはルチアの内側から指を引き抜くと、ベルトをはずし、トラウザーズをくつろげた。それからルチアの手を取って、男根まで導く。

ルチアが布越しに刺激を与えていたせいか、それとも彼女の痴態に興奮したのかはわからない。ヴォルフの雄の部分は熱く、いきり立っていた。

「ルチア様」

照れた様子の彼が、ルチアに手淫を求めている。彼女はすぐに応じて、硬くなった竿を握り、ゆっくりしごいていった。

眉間にしわを寄せ、時々くぐもった声を漏らすヴォルフは、普段の清廉な印象の彼とは違っている。欲望に忠実な獣の瞳をしているのだ。

そんな彼も美しく、ルチアは見とれながら、彼を心地よくさせたくて必死に手を動かしていった。

再びヴォルフの手がルチアの下腹部に伸びてきた。そうされると動きが制限され、彼に翻弄されるせいで集中できなくなってしまう。

「……あぁ、ん……っ、深いの……だめ」

彼は片手だけで、器用にルチアに愛撫を施す。

奥まで入り込んだ指はあまり動かさず、親指が花芽を刺激する。その場所に触れられると、内壁が勝手に収斂してしまう。咥え込んでいる指をギュ、ギュ、と締めつけて感じているのがまるわかりなのだろう。

痴態をごまかすために、ルチアも負けじと握りしめた竿へ刺激を与えるが、やはり敵わない。

「……うぅっ、ヴォルフ！　まっ、て……待ってくれないと……はぁ」

頂が見えはじめると、ルチアはほとんど動けなくなる。

花芽が剝き出しになり、そこを一定のリズムで擦られると、もうだめだった。

対等でなければならないときに、過度な快楽により動きを封じられると、自分の身体がいかに淫らかを思い知らされた。

ルチアはこれ以上乱れた姿を見せたくなくて、イヤイヤと首を振って彼の行為を拒絶した。ヴォルフは指の動きを緩めてくれるどころか、益々激しいものに変えて、ルチアから抵抗する意思を奪う。

「ヴォルフ、だめ、だめ……あ、あぁっ」

「こんなに濡らして。……善い……の間違いでしょう？　……もっと素直な貴女でいいんですよ。……淫らなルチア様」

彼がニヤリと口の端を歪めた。

今、達したら「淫らな」という彼の言葉を裏付けてしまう。どこかに逃そうとしても、それよりもより強い快楽が襲いかかり、決壊寸前だった。

「わたくし、そなたのせいで……あ、あぁっ、……もう、……もうだめぇぇぇ！」

脚にギュッと力を込めて、身体が浮き上がらないようにしても、意味がなかった。

気づいたときにはとっくに快楽が弾けていて、後から波が押し寄せるような感覚だった。

背中を思いっきり反らし、脚をガクガクと震わせながら、ルチアは必死にヴォルフにしがみつく。

「指をこんなにきつく咥え込んで……。そんなに善いのですか？　ほら、もっと」

「善いの……ヴォルフが、……あぁ、止まらない、どうして？　……やぁ、あぁ」

絶頂を迎えている最中、ヴォルフはルチアの膣に留まる指を激しく抜き差ししはじめた。

そうするとふわふわとした余韻がいつまでも引いてくれず、またすぐに達しそうになってしまう。

こんな経験ははじめてで、ルチアは自分の身体が信じられなかった。

過度な快楽は苦しい。まともに息ができないのに、どこに触られても心地よくて、我慢しようとしても勝手に達してしまいそうになる。

「やだ……ヴォルフッ！　わたくし、怖いの……もう、しない……あぁっ！」

また快楽が弾ける予兆があった。

ルチアはギュッと目をつむって、身を強ばらせながらそれが訪れる時を待った。

「ん、――んんっ！　また、達きそ……あぁ、達っちゃう――！」

瞼の裏で、チカチカとなにかが光った気がした。

ついさっき、これ以上ないくらいの快楽を経験したのに、まだ上があるのだと思い知らされる。もうすべてがどうでもよくなってしまいそうだった。

汗と蜜で身体中がベトベトだった。けれどもう、水の力を使って清めようという気にもならない。

やがて四肢が弛緩し、荒い呼吸を繰り返すこと以外なにもできなくなっていた。

しばらくぐったりとしていると、ヴォルフがルチアのドレスに手をかけて、強引に剝ぎ取った。

汗ばんだ身体に張りついた布地は邪魔だ。だから取り払ってくれたのだと勘違いして、すぐにそうではないのだと気づく。

ヴォルフが急にルチアの柔肌に舌を這わせはじめたからだ。

鎖骨のあたりからはじまり、心臓のある付近、胸の頂をペロリと舐めあげられて、きつく吸い上げられた。

「もう……だめなの……！　おかしくなって、あぁっ、キスだけで……だめ、なの」

もうこれ以上快楽を拾いたくないはずなのに、極限まで敏感になってしまった身体は、また高みを目指そうとする。

舌を這わされて、胸の突起を舐められただけで、軽く達してしまいそうだった。

「一人で終わらせないでください。私はまだだ」

ヴォルフがルチアを咎めるような言葉を口にした。

すっかり力の入らなくなってしまった脚を捕らえ、抱え込む。それからいきり立つ竿を秘部に押し当てた。

「……うぅ、だ……め……」

今、この瞬間に彼が身体を繋げようと思えば、きっとできる。

ルチアの体力は限界で、抵抗する力を持たない。そして魔力もきっと、彼を拒むことはないのだろう。

魔王としての理性で拒否してはみたものの、心は彼を欲しているのだから。

「一緒に気持ちよくなるだけですよ……ほら、もう少し頑張ってください」

二度の絶頂で十分に潤った秘部の上を男根が滑る。そのまま太ももをがっちりと掴まれて、腰が打ちつけられた。

ギュッ、と内股で硬いものを締めつけると、ルチアの敏感な場所にあたってしまう。

「あぁ……ヴォルフ、嫌なの……休ませ……ひっ、あぁぁ！」

彼が腰を動かすたびに、寝室に水音が響き渡る。それらすべてがルチアの体内から溢れ出たものだとするのなら、嫌だという言葉に説得力はなかった。

ヴォルフは、もうルチアに意地悪を言う余裕すらなくしているのだろうか。

息を荒くして、めちゃくちゃな動きで男根を擦りつけてくる。彼が激しく動けば、それだけルチアも絶頂に近づく。

「ルチア様、……あぁ、……っ……」

正面を向いて脚を閉じる体勢では、どうしても顔を近づけることができない。覚えたてのキスをしようと試みても届かないのがもどかしい。男根の歪な先端が花芽を押しつぶすたびに新しい快楽が生まれ、ルチアを堕とそうとする。

「こんなの……無理、気持ちいい……いぃ……。達く、の……あ、あぁっ！」

絶頂に至った回数が把握できなくなるほど、なにをされても気持ちがいい。

悲しくもないのに涙がひっきりなしに溢れ、滲んだ視界でヴォルフの必死な様子を眺めながら、ルチアはされるがままになっていた。

「あ、あっ、あ！　ヴォルフ……、ヴォルフッ！」

彼の前では、魔王ではなくただの淫らな女だった。彼はいつか帰ってしまう存在だ。残ってほしいと望んでいるのに、ルチアは引き留める言葉すらかけなかった。彼が王配としてふさわしくないからだ。

きっと、ルチアにふさわしいのは、彼女だけを愛しみ、そして君主として崇めてくれる男性だ。なによりもルチアと魔王国のことを考えてくれる者でなければならない。

ほかに成し遂げたいことがあるのなら、その時点でヴォルフは王配にはなれない。

いつかヴォルフ以外の男性に肌を許す日が来るのだという想像は、まだ難しい。

どれだけ彼に快楽を教え込まれて、身体が淫らになっても、ほかの男性が平気になるというわけではなかった。

心も身体も、ヴォルフのものになってしまう。そんな不安に苛まれながら、けれど快楽を貪るのはやめられない。

やがてヴォルフの動きがありえないほど激しくなる。耐えきれずに、ルチアはまた昇り詰めた。

その直後、ヴォルフはすべての動作をやめた。しっかりと太ももを押さえ込んだまま、小さく身を震わせ、ルチアの腹の上に精を放った。

「……ヴォルフ？　気持ちよかった……？」

返事の代わりに唇が寄せられた。

蜜と精で汚れた身体を拭うことすらせずに、また夢中になってキスをする。

そうしているうちに、ルチアは段々眠くなっていった。食事もまだだし、風呂にも入っていない。身体もベトベトで、ヴォルフの放った精のにおいがする。

そのうちアッドロラータやほかの女官がやってくるかもしれない。

起き上がり、乱れた服を整えたほうがいいのに、どうしても瞼が重くなっていく。

キスの合間に低く優しい声で名前を呼ばれると、心地がよくて――ルチアはそのまま意識を手放した。

◇　　◇　　◇

そこは城の北側にある庭園だった。城壁の近くには古い門がある。その前に、金髪の少年が立っていた。

「……またすぐに会えます。それまでさようなら、ルチア様」

オルトスに跨がって、門の向こうに消えていく少年に、ルチアは別れの言葉すら言わなかった。

（すぐに会いに来てくれると約束したのに）

魔力のない土地の様子は、ルチアには見えない。

あのとき、ハルは叔父に爵位を奪われる予想をしていたのだろうか。

それなら相談してくれれば、魔王国として力になれたのではないか。国境を管理する辺境伯爵家の継承問題ならば、魔王国も無関係ではなかった。

（いいえ……。お父様はきっと知っていても介入しなかった）

どんなにハルや先代辺境伯と個人的に親しくても、魔王国は他国の内政に干渉しない。

タウバッハとの交易がなくなっても、そのぶん南側の国との取り引きを増やせばいいだけだ。

国境の安全も十二年間脅かされることはなく、今回もほとんど戦わずに勝利している。

経済と安全保障――そのどちらの面においても、魔王国が自ら進んで他国へ干渉すべき理由はなかった。

ルチアがその当時魔王だったとしても、国家としてのあり方を個人的感情で覆すことはなかっただろう。

「ヴォルフ……」

いつの間にか、門の前にヴォルフが立っていた。

「ルチア様、お世話になりました。祖国に帰ったら、お慕いしている姫君に思いを打ち明けようと思います。ルチア様に勇気をもらいました」

彼ははにかんで、ルチアに向けて手を振った。

ヴォルフが、旧道からタウバッハに帰るわけがない。それでルチアはこれが夢なのだと気がついた。

「あぁ……そなたも帰ってしまうんだな……。人間は薄情だ！　ハルも、ヴォルフも……わたくしが一緒にいてほしい者は皆いなくなってしまう」

現実では、ヴォルフに帰国の許可を出している。

けれどこれは夢だった。だから、ルチアには強がりも、魔王としての正しさも、必要なかった。ただのわがままでも、夢の中ならすべてが許される。

「ルチア様」

ヴォルフの声がルチアの頭の中に響く。

「行かないで。行かないで……わたくしは、そなたを帰さない！　ずっと、一緒に……」

大声で叫んだ瞬間、発した言葉が現実世界で音になっていることに気がついた。

キョロキョロと周囲を見渡すと、寝台で眠っていたのだとわかった。

服は着ておらず、毛布がかけられている。ルチアは胸のあたりを毛布で隠しながら、半身を起こした。

寝言を叫びながら目を覚ますというのは、かなり恥ずかしい。

「ルチア様？」

ヴォルフはルチアの顔を心配そうに覗き込む。

寝言は、どれくらいきちんと声になっていたのだろうか。そして彼はどこまで聞いていたのだろうか。

「いや、違うんだ。たぶん、昔のことを夢に見ていた」

あの言葉は、ハルではなくヴォルフに言ったのだ。

現実ではそんなわがままは言えない。だからここにはいないハルに向けた言葉だったと嘘をつく。

「……親しかった人間の少年の夢ですか？」

「うん。きちんと別れを言えなかったから、こんなにこだわるのだろうな。……そうだ！そなたが去るときは、盛大な宴を開いてやろう。わたくしがすると言わなくても、ダレッシオ将軍たちが勝手にやりそうだけれど」

ヴォルフが祖国へ戻るとき、魔族が気持ちよく送り出すためには、両国の友好関係の前進が必要だ。

タウバッハが賠償金を支払い、両国のあいだに不可侵条約の締結に向けた動きがあれば……といったところだろうか。

魔王国の国主であるルチアにも責任のあることだった。

「おそばを離れるときは、必ず挨拶をします」

「うん、絶対だ……。もうあんな思いはしたくない。黙っていなくならないでくれ」

「ですが、まだ当分先ですよ、それまでは――」

ヴォルフがそこで言葉を切り、寝台の端に腰を下ろした。

「それまでは、なんだ?」

「――私は、ルチア様のものです」

そう言って、ルチアを強く抱きしめた。奉仕のためでもないのに、そんなことをするのはずるい。

ヴォルフは先日から少し様子がおかしい。

それ以上に、ルチアもおかしかった。

いつか帰るというのだから、愛情など求めてはいけない。けれど明らかに、互いにそれを欲しているような気がしていた。

いつかヴォルフが帰国するときが来ても、今度はきちんと別れを告げられる。

ハルのときのように、またすぐに会えるつもりで見送った姿が、最後になるわけではない。

そう思っていたルチアだが、現実は簡単に彼女を裏切る。

――三日後、ヴォルフは忽然と姿を消した。

今までもオルトスの散歩と称して、日中出かけることはあったし、ルチアの執務が終わる時間までに戻ってくることを前提に、外出の制限はなかった。

けれどこの日、ヴォルフは夜になっても戻ってこなかった。

そしてヴォルフの消息がわからなくなったのと同時に、オルトスもいなくなった。

第五章　青い瞳に映る雨粒

ヴォルフがいなくなった翌日。魔王城の一室に、重鎮たちが集まった。

文官はジルドを代表とした五名、魔王軍からはダレッシオ将軍とその副官、ルチアとアッドロラータの全部で九名が大きなテーブルを取り囲む。

議題はもちろん「ヴォルフ・レーヴェンの逃亡について」だ。

「そもそも逃亡という証拠がどこにあるのだ？　殺害や誘拐の可能性を否定する根拠がわからん」

将軍が首を傾げる。彼はヴォルフと剣を交えて以降、友好的だったのでそう思うのも当然だ。ルチアもどうしても逃亡だとは思えなかった。

ヴォルフはいずれ両国の関係に進展が見られたら、ルチアの許可を得て帰国するつもりだったはず。相談もなしに姿を消すなどありえない。

「あのオルトスが一緒なのですよ。痕跡も残さず誘拐など不可能です」

ジルドがそう断言する。

確かに、オルトスが一緒にいるのに、痕跡も残さず連れ去るのは、どれだけ武に秀でた種族でも難しい。

強い魔族が束になってかかれば、魔犬——高位の魔獣であるオルトスを倒すことはできる。けれど、大規模な戦闘が起こるだろうから、必ず痕跡は残る。だったら、なぜオルトスまで一緒に消えたのか。

ルチアはジルドの言わんとしていることを察し、戦慄した。

「オルトスがわたくしを裏切るなんてありえない！」

ジルドは、ヴォルフとオルトスが消えたのは、彼らが同時に裏切ったからだと言いたいのだ。

ルチアは憤り、語気を強めた。十二年も一緒にいる賢い愛犬が、ルチアの敵になることなど、ヴォルフが裏切る以上にありえない。

「では、なぜあの男に従順だったのでしょう？　……プライドの高い魔犬が」

「それは」

ルチアもずっと疑問に思っていたことだった。

ハルと同じ人間だから。ヴォルフのほうがオルトスの後輩で世話役だから——いくつか理由を予想しても、完璧な説明はできない。

「陛下も同じです。男妾を侍らすのは大いに結構ですが、情が移って、真実を見誤るのは国主としていかがなものかと思います。……あの男、本当にただの人間だったのでしょうか？」

「ジルド殿！　ルチア様やオルトスがなにかの術にかけられたとでもおっしゃるのか？」

ルチアの横に立っていたアッドロラータが憤りを露わにする。

尻尾の毛が逆立って普段より太くなっていることから、彼女の本気さがわかる。

「……そうではないというのなら、陛下が証明すればいいのです。同じ一族に連なる年長者として言わせていただきます。陛下は他者を安易に信用し、すぐに油断なさる。情に厚いのは美徳ですが、君主としては冷徹でいてもらわねば困るのです」

「だが」

ルチアは言葉を詰まらせた。

オルトスとヴォルフの裏切りをルチアは信じていない。けれど自分の正しさを、ジルドに証明する方法がなかった。

「二十五年前の大粛正の頃、陛下はまだこの世に生を受けていらっしゃいませんでしたね。ですが、ご存じでしょう？　権力を求める者がいかに多いか。そして、己の利益のためならば血縁すら手にかける者もいるのだということを」

ジルドや彼の父親は、先読みの力がなかったために、最初から王位継承争いに参戦していなかった。当時五歳だった彼は、叔父や叔母、いとこたちが争い、憎しみ合う光景を見ていたのだ。

だから、人がどれだけ利己的で、簡単に他者を裏切るのか知っていると言いたいのだろう。

「わかっている……、そんなこと、わたくしもわかっている！」

「ならばご決断を」

殺害や誘拐の可能性はない。だから、敵であると認定し、国主としての判断をしろ――彼はそうルチアに迫る。

ルチアは瞳を閉じた。膝に置いた両手をギュッと握りしめる。

就任したばかりでも、彼女は魔王だ。個人的な感情に流されてはいけない。ただし、簡単に信じるのをやめてしまうのも間違っている。

「ヴォルフ・レーヴェンについては所在を確認し、魔王国に留まっているのならば、すぐに確保すること。ただし、必ず生け捕りにするように。それから国境の守備を強化してほしい」

「陛下！　甘すぎます」

ヴォルフが自らの意志で消えた可能性を、ルチアは否定できない。

けれど、〝連絡役の騎士〟という役職を放棄したと見なされるような愚行を、彼が進んで行うとも思えない。

二国間での取り決めを一方的に破ることは、タウバッハにもヴォルフ個人にも不利益になるはずだ。

「逃亡しようとした罪で死罪にして、タウバッハに送り返したとして、誰がヴォルフの罪を信じるのだ？」

納得できない様子のジルドに向けて、ルチアはヴォルフを生きたまま捕らえなければならない合理性を説く。

　国内にいる限り、客人であるヴォルフの安全を保証するのはルチアの義務だ。

　彼が間者だろうが、なんだろうが、関係ない。むしろ、陰謀を阻止するためにも貴重な情報源を死なせるわけにはいかないのだ。

「ヴォルフ・レーヴェンは必ず生け捕りにせよ。取り逃しタウバッハに帰国したのならば、役目を放棄したと見なし、賠償金の追加請求を行う」

　もう一度、皆に向けて強く命じた。

　ルチアは個人的な甘さで、彼を殺すなと言っているわけではない。魔王としてのルチアの言葉に、異論を唱える者はいなかった。

「かしこまりました。それならば、捜索については私が指揮を執らせていただきます」

　ジルドから意外な提案がされる。

「それは私の役割だ！」

　文官のジルドが、軍の職務に口を出すのだから、将軍が憤るのは当然だ。

「ダレッシオ将軍は、このところヴォルフ・レーヴェンと親しかったはずです。それに、重要人物を城外に逃した件での責任は免れませんよ」

「……くっ！」

「ジルド殿！　オルトスをヴォルフにつけたのはわたくしだ。将軍の責任ではない」

「だとしても、帯剣を許し、毎日一緒にいたではありませんか。捜索の指揮を執るのに適任とは言えません」

城壁など簡単に飛び越えられるオルトスと一緒の時点で、ヴォルフを城内に留めておくのは不可能だった。

実際、棗の実は城外で見つけたのだろうし、ルチアは外出を許可していた。

護衛兼、監視役のオルトスが一緒ならば、問題ないというルチアの判断が間違っていたのだろうか。

自分にも責任があるため、この件に関してはジルドの申し出を受け入れるしかないだろう。

「わかった。ヴォルフ・レーヴェンの捕縛任務は、別の部隊に任せよう。提案どおり、ジルド殿はわたくしの代理として取りまとめを頼む。ダレッシオ将軍は、通常どおり城内の警備を行うように」

「……かしこまりました、ルチア陛下」

目を伏せて、将軍はルチアの命令を受け入れた。彼に不満があるのはルチアにもよくわかっている。自分も同じだからだ。

会議が終わると、ルチアはそのまま水鏡の間に向かった。

「ヴォルフ殿の行方を先読みで捜索するのですか？」

アッドロラータは、向かう方向でルチアがなにをするつもりなのか察したようだ。

耳が下を向いているのは、不安の表れだろう。

「敵だからではない。今回は要人の捜索だから大丈夫。わたくしは意外と冷静だ」

半分以上、自分に言い聞かせるための言葉だった。

ヴォルフが裏切ったかもしれないと疑念を抱いたまま、行動の意図を探るための先読みは、ルチアの目を曇らせる。

先読みでは人の心は暴けないのだと学んだばかりだ。

「……ルチア様、あの者は――」

彼女はなにかを言いかけて、途中でやめた。

ルチアはアッドロラータの視線の先を見つめた。そして〝水鏡の間〟の入り口に、先王が立っていることに気づいた。

目が合うと、彼はゆっくりとルチアのほうへ歩いてくる。

「ルチアよ……私から言えるのは一つだけだ」

先王はなにがあったのか、とは聞かなかった。

深い青色の瞳は、ルチアと同じ色だ。けれど、彼は昔からどこか遠くを見つめている気がしていた。

ルチアよりもずっと先を見ているのだろうか。

「お父様？」

「思うようにやってみるといい。……ルチアはもう、魔王なのだから」

先王は娘の近くまでやってきて、ポンポン、と頭を撫でた。

とっくに成人しているルチアだが、いつまでも先王にとっては子供のままなのだ。

「……はい、お父様」

アッドロラータの前で子供扱いをされている。少し恥ずかしかったが、くすぐったくて心地よい。

先王はルチアを励ましてくれたのだ。

ルチアのしようとすることは、魔王として正しい——そんなふうに肯定してくれているのだと彼女は思った。

二人を残し、ルチアは〝水鏡の間〟に足を踏み入れた。

扉の先には、中庭がある。今日は曇りで差し込む光はごくわずかだ。

静かな水面は木々の緑と灰色の雲を映し出す。

一歩、二歩、とルチアはいつにもなく緊張しながら、ゆっくりと飛び石の上を歩く。

石舞台に近づくたびに、大きく息を吐いて、油断するとザワついてしまう心を落ち着かせる。

繊細な水鏡は、心の乱れの影響をすぐに受けてしまうのだ。

やがて舞台の中央まで辿り着き、先読みの儀式がはじまった。

正確な時間までは操ることはできないが、できるだけ今に近い、ほんの少しだけ先の未来を見ようと目をこらす。

「ヴォルフ……オルトス、どこにいる？」

彼らの姿を見ようとしても、水鏡にはなにも映らない。

この結果が示す可能性は二つ。一つは、ルチアが選んだ日時に、ヴォルフとオルトスがすでに死んでいる可能性。もう一つは、魔力のまったくない土地にいる可能性だ。

「……そんなはずない。まだ国境を越えてはいないはず……」

オルトスが協力しているとしても、国境を越えるには早すぎる。

けれど旧道を使えば別だった。

もし、オルトスがヴォルフを北の森に連れていったらどうだろうか。旧道を使えば、アークライト領まで簡単に行ける。

見えないということは、ヴォルフたちが死んでいるか、裏切ったか――。ルチアはそんな悪い予感に支配されそうになり、足がすくんだ。

「だめだ！　今は、疑うのではなく、探すことに専念するべきなのだから」

両頬をパシン、と叩くと石舞台の周囲を取り囲んでいた水柱が力を失い、泉に戻っていく。

「よし、最初から」

先王は、ルチアの頭を撫でただけで、余計なことを言わなかった。

つまりこの件は、ルチアが片をつけるべきものという判断なのだろう。

もう一度、深呼吸をして、心の静寂を取り戻すところから再開する。

可能な限り近い未来からゆっくりとはじめて、水鏡にヴォルフの姿が現れるのをじっと待つ。


やがて映し出されたのは雨。それから深い森だった。


『この旧道に人の気配など……いったい誰だ？』

誰かの声が響く。いつも不鮮明になってしまうヴォルフではない誰か。だからルチアにもはっきりと聞き取れた。

姿の見えない誰かは、「旧道」と言ったのだ。

複数の人物の姿が映し出される。どれもヴォルフと同じような格好をしていることから、タウバッハの騎士だとわかる。

不鮮明な光景に集中力が続かない。

川の氾濫を予想するときは、その世界に住んでいるかのごとく自由なのに、この先読みは油断すると途切れてしまう。まるで細い糸でかろうじて繋がっているような感覚だ。

『どうやってここに入り込んだのやら。……危うく計画が破綻するところだった』

ヴォルフがまっすぐに剣を構えている。

『我が名は、……ヴォル……ハルトヴィ……。ルチア様の御ため、貴様を通すわけ――』

彼はなんと言ったのだろうか。

――ハルトヴィン、と言ったのではないのか？

――ルチアのため、と言ったのではないのか？

激しい雨が打ちつける中、ずぶ濡れのヴォルフが剣を構える。

けれど次の瞬間、彼の身体に何本もの矢が突き刺さった。

『ルチア様……約束を……ば……ルチア……ルチ……』

何度もルチアの名を呼びながら、彼は前のめりに倒れた。矢の突き刺さった場所が真っ赤に染まる。

「ヴォルフ……！　ハルッ！」

ルチアが彼女の心を占有する人間の名前を叫んだ瞬間、水面に波紋が広がった。

急に魔力が途切れた影響で、飛沫が上がり、それがルチアに降り注いだ。

「これが……ヴォルフの……ハルの未来……？　そんな……」

脚がガタガタと震え、ルチアは膝をついた。魔力を使えば、水を蒸発させることなど簡単にできるのに、そのまま肩をかき抱く。寒さではなく、恐怖で震えが止まらなかった。

「ルチア様⁉」

大きな水音を心配したアッドロラータが、扉の付近から声をかける。

「少し濡れてしまっただけだ。……それより、旧道からタウバッハ軍が攻め入ってくる可能性がある。すぐにダレッシオ将軍とジルド殿を呼んできてくれ」

先読みの光景では、土砂降りの雨が降り注いでいた。空を見上げると、いつ降りだしてもおかしくない曇天だ。

ルチアが見た光景が今日だとしても、まだ間に合う。

大切な人を守るため、ルチアは自分を鼓舞して立ち上がる。

まずは城内の回廊を走る。私室に戻るまでのあいだ、魔力を使って水を蒸発させた。

そして衣装部屋から乗馬用の男装を引っ張り出し、外套を羽織った。長い髪は適当に結んで、皆の到着を待つ。

「ルチア陛下！」

間もなくアッドロラータと将軍がやってくる。

「ジルド殿は？」

アッドロラータは首を横に振る。

「ヴォルフ殿の捜索のため、兵を引き連れて出払っているそうです」

「なら、仕方がない。……おそらく数時間後に北の旧道からタウバッハの騎士が攻め入ってくる」

ルチアは、早足で北の庭園へと歩きながら、将軍とアッドロラータに事情を説明する。

「ありえない！　旧道というのは、アークライト領との連絡用の道でございましょう？

誰も通れないと……」

ダレッシオ将軍の疑問はもっともだった。魔族でも通行許可がなければ迷ってしまう道だ。そのため、監視が必要であるという認識がなかった。

本当に通れるのだとしたら、魔王城の裏手に奇襲攻撃が可能な、城の死角だった。

「なぜそうなるのか、わたくしにもわからない。だが、敵はやってくる」

「すぐに軍を動かしましょう」

やがて、外側の城壁の前まで辿り着く。

そこまで来たところで、ルチアは歩みを止めた。

「この先の森はお父様かわたくしが許可した者しか入れない」

「存じ上げております、ルチア陛下」

「だから、旧道には入らず、城壁で迎え撃つのが得策だと考えるが、将軍はどうだ？」

ルチアが将軍に許可を与え先導すれば、あの森の中でも軍を動かせる。けれど、足並みを揃えるのが難しいし、時間もかかる。細い旧道では個々の能力を発揮できず、道から大きく逸れれば迷ってしまう。

戦いづらいのは敵も同じだが、消耗戦になると魔王軍が不利だった。

けれど、あの旧道から敵が攻めてくることがわかっていれば迎撃はできる。あえて、北の森で迎え撃つメリットはどこにもない。

魔王城にはあまり兵を置いておらず、一部をヴォルフの捜索にあててしまったのは痛手だった。

もちろん非番の兵にも招集をかけ、城下の治安維持に関わる者も集めるとして——準備には時間がかかる。

「私も同意見ですな。すぐに緊急招集を行います」

城内にいる魔王軍の兵を集めるため、将軍はルチアのそばを離れようとする。

「……将軍、もしかしたらわたくしは魔王失格かもしれない」

そんな言葉で、ルチアは将軍を引き留めた。

「なにをおっしゃっているのですか！　今も、ルチア陛下は正しい判断をされているでしょう？」

ルチアは大きく頭を振る。彼女のここまでの行動は、きっと魔王として、君主として正しいと胸を張れる。


けれど、ここからは——。


「わたくしは、どうしてもヴォルフを助けに行かなくてはならない」

ルチアの見た先読みの光景では、ヴォルフは森の中で複数の矢に打たれ、倒れた。彼女が将軍に命じた作戦は正しいが、それではヴォルフが倒される未来は変わらない。

魔王として間違っている自覚はある。

それでもルチアは、ただ想う者を守りたいという気持ちを封じることなどできなかった。

「ルチア様！　いくらなんでも危険です。魔王陛下が、ここを動かれてはなりません」

自らヴォルフを助けに行こうとするルチアを、アッドロラータは強い口調でたしなめる。

いつも冷たい印象の彼女だが、結局幼い頃から一緒の妹分には甘いのだ。だから、ルチアがその身を危険に晒す行動など、許してくれそうもなかった。

「旧道の通行を許可する儀式には時間がかかる。大丈夫だ。わたくしの見た光景では、ヴォルフが倒れたときは土砂降りの雨だったから、まだ間に合う。あの者が敵に見つかる前に合流してすぐに戻るから」

「なりません！」

必要ならば、拘束も辞さないという強い意志が見て取れた。ルチアは、豹の獣人である彼女と比較すると、身体能力ではかなり劣る。

けれど、本気を出せば負けないはずだった。

それくらい自信がなければ、そもそも自らヴォルフを助けに行きたいなどと思わない。

「アッドロラータ、それでも……」

姉のような存在である女官を傷つけることも、無駄に魔力を使うことも得策ではなかった。どうやって切り抜けようか考えあぐねていると、急に森がざわめきだした。

ガサガサ、という細い枝が折れる音が響いたあと、城壁の上に、白く巨大な犬が降り立った。

魔犬オルトスは、ルチアの姿に気づくと跳躍し、すぐに主人の目の前までやってくる。

それから、ルチアを捕らえようとしていたアッドロラータを牽制するためにグルゥゥ、と喉を鳴らした。

「オルトス！　……ヴォルフは？」

地面に白い紙切れが落ちる。ルチアはすぐにそれを拾い上げた。

折りたたまれた紙を広げてみると、それはヴォルフからの手紙だった。

「キュゥゥ……」

オルトスは、もう一人の主人を森に残していることが心配なのだろうか。今度はせつない声色で啼いた。

手紙の文字は、不安定な場所で書いたものらしく、雑で読みにくい。

『旧道からタウバッハ騎士三百人、奇襲の恐れ。タウバッハとジルド・フェロルディが接触した可能性有り。ご注意されたし。――ヴォルフ・ハルトヴィン・レーヴェン』

用件だけの短い手紙の終わりに、彼のフルネームが記されていた。

ルチアがハルと呼んでいたのは、間違いなくヴォルフだった。彼が旧道を通れるのも、オルトスを従えられるのも、ハルなら納得できる。

「……ジルド殿が？」

　ルチアは信じられなかった。けれどタウバッハで旧道を通ることができるのは、故人である先代辺境伯と孫のハルだけだ。

　ハル――つまりヴォルフがタウバッハの騎士を先導したのではないのなら、どうやって敵が侵入したのか、疑問は残る。

　状況証拠がヴォルフの裏切りを否定する。もし旧道を使うのならば、一度目の戦いで使えばよかったのだ。

「馬鹿な、ジルド殿は父君の代で魔王候補の資格を失い臣に下ったはず」

「先読みの力のあるなしと、旧道を使用できる権利は、必ずしも一緒ではなかったということでしょうか？」

　将軍とアッドロラータも戸惑っている。

　ルチアも信じたくはなかった。彼女にとってジルドはいとこであり、厳しいところもあったが、忠臣だと信じていたからだ。

　わからない。それでも、考えている時間は残されていなかった。

「オルトス！　わたくしをすぐにヴォルフの……ハルのところへ」

　将軍とアッドロラータが手紙の内容に気を取られ、油断している隙を突いて、ルチアはオルトスに跨がった。

「ワンッ」

「ルチア様、なりません！」

アッドロラータの爪が、急に伸びる。これが豹の獣人である彼女の武器だった。ルチアがヴォルフの救出に向かうのならば、オルトスと戦ってでも止めるつもりなのだろうか。

「わたくしは負けない……。信じてくれ、アッドロラータ」

ポツリ、ポツリ、と地面に雨粒が落ちはじめる。もう時間が残されていない。

ルチアは厚い雲を仰ぎ見て、アッドロラータに宣言した。

オルトスが城壁と森の方向へ身体を向ける。

「……お気をつけて」

結局、アッドロラータの爪がオルトスを傷つけることはなかった。

不満そうな声を背に、ルチアはオルトスと一緒に走りだす。

「ヴォルフ！　わたくしは、そなたに守られてなんてやらないんだから」

十二年もルチアに会いに来なかった彼がなぜ、魔王国にやってきて、なにをするつもりだったのか、まだわからないことだらけだ。

わかっているのは、魔王国を守るための情報をもたらして、ルチアを助けようとしていることだけだ。

「……うっ、キャァ――――！」

オルトスが城壁を越えるために跳躍した。

ルチアは愛犬の首にしっかり手をまわして、なんとかしがみつく。浮遊感はまだ耐えられるが、落下するときの感覚は大嫌いだった。

城壁の先には、深い森がある。雨の降りだした今、まだ昼間だというのに夜のように暗かった。

その道は、オルトスが通るには細すぎた。

ルチアが頭を上げて前を見ようとすると、目前に木の枝が迫り、慌てて姿勢を低くする。

バキバキバキ、と音がして、明らかにオルトスには枝が当たっているのがわかる。それでも二人の主人に忠実な魔犬は、進む速度を落とさない。

もしこれが、ヴォルフの命に関わることでなかったとしたならば、もっとゆっくり進めと叫んでいた。けれど、今は恐怖をこらえ、ルチアも早くヴォルフのもとに辿り着くことだけを考えた。

「待っていろ、ヴォルフ！　聞きたいことがあるんだから」

雨は段々と激しくなっていく。背の高い木々の下を失踪しても時々服や頭にしずくが落ちるのを感じ、ルチアは焦った。

先読みで見た時間まで、あとどれくらいあるのだろうか。

第六章　別れは永遠ではないから

ヴォルフ・レーヴェンは、かつて、ヴォルフ・ハルトヴィン・アークライトと名乗っていた。辺境伯であった祖父や親しい者は、彼を〝ハル〟と呼んでいた。

祖父と一緒に秘密の旧道を歩き、はじめて魔王国に連れていってもらった日のことをヴォルフは今でも覚えていた。

当時のヴォルフは八歳だった。

「……お祖父様、魔獣は？」

「ハハッ！　ハルは臆病だな。魔王陛下が守ってくださっているから、儂の近くに魔獣は近づいてこない」

そう言って、祖父は笑う。けれど森の奥からは時々獣の方向や争う音が聞こえてくる。

ヴォルフは祖父にしがみつきながら、やっとの思いで出口まで辿り着いた。

小さな門から城内へ入ると、そこは庭園になっていた。

要塞のような物々しさはあるが、ヴォルフの想像していた魔王城とはまったく違う印象の城だった。辺境伯の領主屋敷とさほど変わらない、そんな様子だ。

「そなたが、ハルか？」

突然、高い場所から声がかけられる。

その方向には大きな木があって、どうやら声の主は木登りをしていたらしい。

「これはこれは、ルチア様。今日もお転婆でいらっしゃる。……約束どおり、孫を連れて参りましたぞ」

ルチアというのが、魔王の娘で、ヴォルフより二歳年下の少女であることは、彼も知っていた。

前回、祖父が魔王国を訪れたとき、歳の近い人間に会ってみたいとルチアが興味を示したから、ヴォルフはここにいるのだ。

「うん、ありがとう辺境伯」

ガサガサと音がしたあと、大人の身長よりもやや高い枝から、小さな少女が舞い降りた。

羽でも生えているのではないかと疑いたくなるほど軽やかに、少女は地面に足をつく。

タウバッハのものとは印象の違うドレスの裾、それから長い髪が広がる。

「ルチア王女殿下……？」

不思議な青い髪に、宝石のサファイアのような瞳の少女だ。

お転婆だと言われていたが、肌は外で遊んでいるとは思えないほど真っ白だ。唇は小さく、ほんのりと淡いピンクだった。

「さあ、ハル。どうせ大人たちは難しい話で忙しいのだから、こっちで遊ぼう」

「……は、はい」

祖父からは、魔族がどういう存在なのかきちんと聞かされている。

生きるのに魔力を必要とする者の総称で、不思議な力を操ったり、とてつもない身体能力を持っている者がいたりする。

見た目は人間に近い印象の種族もあるし、耳や角が生えていたり、羽の生えている種族もいる。

目の前にいる魔王の娘は、外見だけならば人間に近い種族なのだ。

「どうした？　なぜ動かないのだ？」

二歳年下の少女に、一瞬にして魅入られる。ヴォルフはこんなに綺麗な存在を、今まで見たことがなかった。

流行病で亡くなった彼の母は美しい女性だった。今でも屋敷には大きな肖像画が飾られていて、毎日のように眺めている。だから綺麗なものには慣れている——はずなのに、彼女の青い瞳から目が離せない。

ルチアは、ヴォルフの知っている言葉では「天使」や「妖精」という言葉がよく似合う少女だった。

彼女が次の魔王だなどと、到底信じられなかった。

それでも、外見については一緒に過ごすうちに慣れていく。二、三日もすると油断しなければドキドキしなくなった。

その代わりに、今度はしぐさや言動に惹かれた。好奇心旺盛で、天真爛漫。少し強引な性格だが、根は優しい。

魔王国に滞在しルチアと過ごす日々は、ヴォルフの生活の中で一番の楽しみになっていた。領地に戻るときは名残惜しく、次に会える日が待ち遠しくて仕方がない。

出会った日からずっと、彼女はヴォルフのお姫様であり、一番の友だった。

十歳の頃、祖父であるアークライト辺境伯が急逝した。

ヴォルフの両親はそれよりも五年前に流行病で立て続けに亡くなっている。以来、彼の祖父はヴォルフを次のアークライト辺境伯爵と定め、必要な教育を施していた。

ヴォルフは祖父の遺言により、幼いながら辺境伯の位を継ぐはずだった。

しかし、祖父と不仲だった叔父が、ハルが若すぎるという理由で異議を申し立て、国王がそれを承認した。

魔王国と辺境伯との繋がりをよく思わない者たちの企みにより、ヴォルフは爵位を失ってしまったのだ。

ヴォルフはアークライト領を追われる直前、最後に魔王国に赴いた。

タウバッハ国の現状を伝え、叔父には絶対に旧道の通行許可を与えないように当時の魔王に進言した。

そして自らは、旧道を悪用しないという誓いを立てた。

「このまま魔王国に留まったらどうだ？」

魔王から、意外な提案をされた。

このまま留まれば毎日ルチアと一緒にいられる。それはとても魅力的な誘いだった。

「ありがとうございます。ですが、私はすぐに帰ります。私が行方不明になれば、誘拐を疑われ、騒ぎになる可能性がありますから」

叔父にとって、ヴォルフは邪魔な存在だ。けれど邪魔だからこそ、利用できるならとことん利用するだろう。

ヴォルフが魔王国での暮らしを望んだとしたら、拐かされたと主張し、対立を煽る可能性があった。

「そなたのことなど関係なしに、争いたいならば理由などいくらでも用意できるものだ。ハル殿は、我ら魔族が人間に負けると思うか？」

「……いいえ。ですが、それは亡き祖父の望みではありません。私の望みでもないのです」

叔父や国王についての情報を魔王国に与えたヴォルフは、祖国を裏切っているのかもしれない。

けれど、彼には守りたい人がたくさんいる。魔族も人間も関係なく、大切だった。

十年間暮らしたアークライト領に住む者たちは、両国が争えば最初に犠牲となる。

たとえ、自分が辺境伯になれなかったとしても、民を守りたかった。

「優しい子だ。また会おう」

そう言って、魔王はヴォルフの頭を撫でてくれた。

魔王の瞳は、ルチアとまったく同じ色のはず。けれどヴォルフには、穏やかで少しさみしく、すべてを見透かす瞳に思えた。

魔王との謁見を終えたヴォルフは、ルチアに会いに行った。

彼女はいつものように北の庭園で待っていたが、その表情は浮かない。辺境伯の死を悼んでいるのだ。

ルチアにはもう会えなくなる。もしかしたら永遠の別れかもしれない。――わかっていたのに、彼は別れを告げられなかった。

両国の友好関係をより強固なものにするつもりでいたのに、それを果たせず、爵位を奪われた自分が情けなく、真実を話せなかったのだ。

初恋の姫君に、辺境伯として努力すると嘘をつき、ヴォルフは魔王国を去った。

「必ず、会いに行きます」

彼女が必死だったからついそんな約束をしてしまった。守る気がないのに約束をするのは、とても卑怯だとヴォルフはわかっていた。

予想どおり、それから間もなく両国の国交は途絶えた。

そんな彼を引き取って養子にしてくれたのは、母方の親類であるレーヴェン子爵家だった。養父の勧めで寄宿学校に入り、士官学校を経て騎士となった。

養父母や、兄たちとの仲は良好だった。それでも、本当の家族ではないからこその遠慮があり、彼は自立を目指し、とにかく真面目に騎士の職務に邁進した。

結果、王太子付きの騎士となり、個人的に王太子と言葉を交わす関係となった。

「最近、国力の衰えを感じないか？」

「一介の騎士にはわかりかねます」

「慎重だな。……わかっているだろう？　魔王国原産の資源を直接取り引きできないせいで、他国に後れを取っているのだと。辺境伯爵家の者ならば、知っているはずだ」

ヴォルフはすぐには答えられなかった。

理解できたのは、王太子が、辺境伯の直系であるヴォルフに興味を抱き、それを理由に専属の騎士として取り立てたということだった。

「私はすでに、あの家との縁を切っておりますから」

タウバッハはここ十年ほど、不景気に見舞われている。干ばつなどの災害、それから、商いの分野で他国に後れを取っているなど、複数の理由があげられた。

そして商いの部分に大きく関わっているのが、タウバッハの者たちの多くが忌み嫌う魔王国だった。

十二年前、国王や新辺境伯は魔王国の重要性を甘く見ていたのだ。

魔王国だけで採れる鉱物のうちいくつかは、人間にとっても代替えの利かないものだった。それらを他国経由でしか購入できないことが、景気が一向に回復しない一つの原因となっている。

「私の予想では、父上はそのうち魔王国に戦をふっかけるぞ」

「……まさか！」

「勝てる見込みはあるか？　正直に答えよ」

ヴォルフは王太子に試されているのだ。

タウバッハの人間たちは、魔族を倫理感の欠如した野蛮で下等な種族と蔑《さげす》んでいた。この国の一般的な考えに基づけば、ヴォルフの予想は決して受け入れられないものだった。

けれどヴォルフはこの王太子に賭けてみることにした。ヴォルフの過去を調べ、わざわざそばに置こうとする風変わりな人物を信じたかった。

「万に一つもありません」

王太子が満足そうに笑う。

「だろうな。だが、父上と辺境伯は、魔獣被害を魔王国のせいにして宣戦布告をするつもりらしい。くだらないプライドのせいで、我が国はどれだけの犠牲を払うのだろうな？」

自分たちのほうから国交を絶ってしまったため、交易を再開してくれとは言えない。だったら属国化して、資源を奪ってしまおうと考えたのだろう。

魔王国は南側にある国との交易を続けている。その南の国とタウバッハ国では兵力に大きな差があった。

南の大国ですら、恐れて争いを避けている魔王国と戦うのは、無知からくる愚行だった。

それから、王太子は結果の見えている戦を止めようと手を尽くした。ヴォルフも陰ながらそれに協力した。

ヴォルフは、望めば旧道を使い、簡単に魔王国へ渡れる。

そうしなかったのは、国も身分も、種族すら違うルチアのために、今の自分ではなにもしてあげられないからだ。

ルチアと再び会うことはないとあきらめていた。けれど、王太子との出会いにより、ヴォルフには新しい目標ができた。

外から彼女が統べるはずの魔王国を守る。永遠の平和などという大それたことは望まない。辺境伯の地位も今さらほしくはなかった。

ただ、タウバッハの無理解を是正し、魔王国とタウバッハのあいだで諍いが起こらないようにできれば……。ルチアに誇れる男になれる気がした。

ルチアは、魔王国の外の世界を見てみたいという夢を抱いていたのだから。

けれど、物事はヴォルフの思いどおりには進まない。

結局、王太子が国王から煙たがられるだけで、戦の回避はできなかった。

魔王国の砦は防御が堅く、人間ではまったく歯が立たない。さすがのタウバッハ国王もそれに気がついて、戦が短期間で終わったのは不幸中の幸いだった。

ところが——。

「和平のための使節を送ると言っているが、父上にも辺境伯にも、あきらめる様子が見られない」

王太子が苦虫を嚙み潰したような顔をして、そう告げた。

「魔王国には矢の一本すら届かなかったにもかかわらず、ですか？」

「こちら側も、戦力を失っていないからな」

「……戦死者が一人も出なかったのなら、まだわかりますが……」

今回の戦で、タウバッハは一万の兵を動かした。魔王国側が攻勢に出る前に、タウバッハが実質的な降伏をしたため、戦死者は少なかった。

それでもまったく被害がなかったわけではない。タウバッハ国王は戦に赴く騎士の顔を知らず、その者に家族がいたであろうことなど気にもしないのだろうか。

「確証があってのことではないんだ。息子としての勘だ……。魔王軍にまったく相手にされなかったことで、〝人間〟としてのプライドが傷つけられたのかもしれない」

タウバッハの認識では、魔族は人間の亜種で下等な出来損ないだということになっている。

昔、ヴォルフが祖父から聞いた話だと、人間から派生したというのは有力な説の一つではあるらしい。

ただし、それを進化ととるのか、人間のなり損ないと捉えるのかは、立場によって変わるのだ。

「そなたは魔王一族と親しかったのだろう？」

一瞬、背中がヒヤリとする。ヴォルフが話していない過去まで、王太子がよく調べていたからだ。

「ええ、とくに世継ぎの王女殿下とは歳が近く、親しくさせていただいておりました」

ここは正直に話したほうがいい――。そう考えたヴォルフは、事実をそのまま王太子に告げる。

「そなたを使節団の護衛騎士としてもぐり込ませるから、魔王か王女と接触してくれないか？　可能なら、そのまま留まり私との橋渡し役になってほしい」

それは意外な提案だった。

「つまり殿下は、場合によっては国王陛下と辺境伯の企てを利用して、魔王国から信頼を得るおつもりですか？」

王太子が口の端をつり上げたのは同意の意味だ。

「友好のための使者の中に、真の友好を願う者が紛れていてなにが悪い？　それにもしもう一度魔王国に攻め入って負けるようなことがあれば、今度こそこの国は沈む。王太子として民を飢えさせるわけにはいかない」

すでに魔王国はタウバッハに賠償金を請求してきている。

王太子は野心のためではなく、守るべき民のために、これ以上の争いを回避したいのだろう。

「まずは私のほうで父上の説得を試みる。それに重鎮の半数も再びの戦など反対するに決まっている。そなたはいざというときの保険だ」

王太子は食えない青年だったが、進んで身内を貶める冷血漢ではない。

タウバッハの騎士としても、個人としても、ヴォルフはこの命令に従うべきだった。

「その役目、謹んでお引き受けいたします」

引き受ければ必ずルチアと再会することになる。十二年前、約束を違えたことを彼女はどう思っているだろうか。

会いたいと思う一方で、今の彼女の気持ちを知るのは恐ろしかった。

◇　◇　◇

王太子の密命を受けたヴォルフは、友好使節団一行に加わった。

魔王城の滞在許可を得て、定期的にアークライト領内に潜伏している仲間と連絡を取り、必要ならばタウバッハ王太子の名で魔王国に情報提供をするのが任務だ。

けれど魔王国までの旅路で、ヴォルフは何度も一行に加わったことを後悔した。

国王が任命した大使が、あまりにも魔王国に対し、理解のない人物だったからだ。

偏見によって選んだ貢ぎ物という名の生贄が、魔王に喜ばれるはずがないのは予想するまでもなかった。

これでは魔王に接触する前に、門前払いにされてしまうかもしれない。

魔王との謁見が大失敗に終わる可能性を感じていても、護衛騎士に口出しはできない。

震える女性たちと悪態をついてばかりの大使と一緒の旅は、ヴォルフの精神を疲弊させていった。


それでもなんとか迎えた十二年ぶりとなる魔王との謁見のとき。

薄い布で覆われた玉座の中から獣の啼き声が聞こえた。それで彼は、現在の魔王がルチアだと察した。

(ルチア様があの玉座にいらっしゃるのなら、すでに私の存在に気がついているはず)

ヴォルフは大使に目的を悟られないように注意しながら、魔王国に留まる術を自力で探すつもりだった。

密かにルチアに接触し、適当な理由をもらい魔王国に残るというのが一番現実的な手段に思えた。

けれどももし、彼女がこの場でヴォルフに対し親しげな態度を取ったらまずい。タウバッハの大使がヴォルフとルチアとのかつての交流を知ったら、あやしむ可能性があるからだ。

思慮深くすべてを見透かすような先王ならば、そんな事態を引き起こすことはないだろう。

ルチアははたしてどうだろうか。

ヴォルフは不安を抱えながら、大使の長話を聞いていた。

結局、魔王ルチアは大使の態度に憤り、生贄を拒絶した。

そしてなぜかヴォルフに代わりを務めろという無茶苦茶なことを言い出した。

（いや、……なるほど。ルチア様は、私の目的を察していらっしゃるのですね）

昔の約束どおり、立派な魔王となるために努力をし、聡明な女性へと成長したのだろう。

ヴォルフはそう考えて、ルチアの提案を受け入れた。

大使たちが謁見の間から出ていったあと、ルチアは薄い布で覆われた玉座から離れ、ヴォルフの前に姿を見せてくれた。

十二年ぶりに再会したルチアは、どんな言葉でも表現できないほど美しかった。

青い髪は長く、動くたびにキラキラと光る。肌は白いが頬はほんのりと赤い。

大人の女性のはずだが、ころころと変わる表情は可愛らしかった。

彼女が敵国の人間にその姿を見せない理由は、簡単に想像がついた。彼女はその美しさだけで戦の理由になってしまう可能性がある。

（心が奪われてしまう……）

ヴォルフにとってルチアは初恋の姫君だ。種族にも身分にも隔たりがあるためあきらめようとしていたのに、無理だった。

男妾でもいいから一緒にいたいと願わずにはいられなかった。


謁見の直後から、ヴォルフの誤算が続く。

ルチアが美しく、聡明な女性へと成長したというのは、完全な誤解だったようだ。

（オルトスも、アッドロラータ殿も私が何者かわかっていそうなのに）

彼女はなんと、本気で見た目が好みだからという理由でヴォルフをそばに置くのだという。彼にとっては信じ難いことだった。

彼の見た目はかなり変わった。背が伸び、声が低くなり、たくましい騎士となったのだ。

それでも面影は残っている。

多少変わった部分といえば、髪の色だろうか。幼い頃金に近かった髪が、成長とともに濃い色合いに変化するのは、よくある事象だが、それだけでここまで気がつかないものだろうか。


はじめて彼女と過ごした夜。ヴォルフは求めに応じ、ルチアに奉仕をした。

男妾を侍らすことに抵抗はないと言いながら、彼女は明らかに男性経験がなかった。

ヴォルフも本でかじった知識と、酒の席での猥談で得た内容を参考に、慣れているふりをした。

彼女にはじめての快楽を与えたのが自分であるということに、ヴォルフは歓喜した。そしてルチアがハルを過去の思い出にしてしまっている事実に落胆した。

王太子の命令がなければ魔王国には戻らないつもりだったのに、相手には待っていてほしかったなどと思うのは、自分勝手な話だった。

それでも再会してしまったら、彼女を求めずにはいられない。

目の前にいる者がハルだとわからずに、男を知る決意をしたというのなら、ヴォルフが断れば彼女はほかの男を寝室に招く可能性がある。

もしくは正体を明かしたのなら、幼馴染みと淫らな行為に耽ろうとは考えないだろう。

ヴォルフにとっての最善の選択は、このまま生贄の人間として、男妾の役割に徹することだけだった。

なんとしてもルチアに快楽を与え、そのまま心まで奪ってしまいたかった。幼馴染みの少年ではなく、ただの男として見てくれるのなら、むしろ好都合だ。

そうやってヴォルフは無垢なルチアを女に変えていった。

彼女の肌は真っ白で、けれど羞恥心ですぐに真っ赤になる。どこもかしこも敏感で、はじめてとは思えないほどヴォルフが与える快楽を拾ってくれた。

やがてヴォルフの拙い愛撫に反応し、簡単に果てた。

そのまま何度も絶頂を味わわせ、気絶するまでしつこく奉仕を続けた。

「……やっと戻ってきたというのに、貴女という方は……」

眠ってしまった彼女に届かないのをいいことに、ヴォルフは不満を声にした。乱れた服を直し、風邪を引かないように毛布をかけてから、隣に寝そべる。

昔、ルチアと一緒に眠った経験のあるヴォルフだが、彼女の隣はすでに寝心地のよいものではなくなっていた。

乱れた彼女の表情や、過度な快楽に戸惑い、強ばる身体を思い出すだけで、ヴォルフの欲求不満は溜まっていく。

起きていても、眠っていても彼女はひどい女性だった。

ヴォルフが眠れぬ一夜を過ごしている横で、ルチアはあどけない表情をして寝息を立てていた。

◇　◇　◇

翌朝、ルチアがまだ眠っているあいだに、アッドロラータが朝食の果物を持って部屋にやってきた。

「お久しぶりですね。ハル殿」

ルチアにとって姉のような存在である彼女とヴォルフは、当然顔見知りだ。

「ええ。十二年ぶりです。……よくわかりましたね」

「あまり変わっていませんから」

「気づいてくれないのは、ルチア様だけか……」

「ルチア様も本能では察しているのでしょう。でなければ、二十歳まで守ってきたものを見た目が好みだからなんて理由で渡しません」

ヴォルフは血筋を残す義務のある先王が、ほかに子を作らなかった原因である二十五年前の大粛正について、経緯を知っていた。

生まれる前のこととはいえ、ルチアも先王の影響を受け、魔族にしてはめずらしく成人しても純潔を守っていたらしい。

昨晩もキスと身体を繋げる行為は拒否され、ヴォルフはそのせいでものすごく欲求不満だった。

「ルチア様はまだ処女ですよ」

ボソリ、と小さな声でつぶやいた。

「……ヘタレ」

「否定はしません。ですが、敵国の人間の私は伴侶としてふさわしくないでしょうから」

目が覚めたら、正体を明かしたほうがいいだろうか。

けれどヴォルフにはためらいがある。あのような淫らな行為をしてしまったら、過去の純粋だった頃の関係には戻れないから。

「魔王国は伴侶の種族や身分を重視しない傾向にありますが、まぁ……いつまた戦になるかわからない国の人間というのはまずいでしょうね」

ヴォルフには、祖国から離れる覚悟はあっても、祖国と魔王国が敵対しても平気でいられる覚悟はない。

だから今の時点で、ルチアの伴侶になる資格はないのだった。

「一応、先にハル殿の目的をおうかがいしておきたいのですが……。返答次第ではルチア様があなたの正体に気づく前に排除しておこうかと思いますので」

彼女の瞳は、野生の獣が獲物を狙っているときと同じだった。

アッドロラータの武器は、必要に応じて伸びる獣の爪だ。彼女は臨戦態勢に入ったのだと言わんばかりに、ヴォルフに凶器を見せつけた。

ヴォルフがルチアにとって少しでも害となるのなら、彼を〝ハル〟という過去ごと抹殺するというのだ。

やや冷めた印象の女官は、どこまでも過保護だった。

「恐ろしいことを。目的は魔王国と我が国の友好です。ただし、それが叶うのは、私が今お仕えしている王太子殿下が国王となられてからでしょうけれど」

王太子は敗戦の責任を国王に取らせ、引退させたい考えだった。

けれど、魔王であるルチアにすらきちんと目的を告げていないのだから、アッドロラータに話せるのは、ヴォルフが味方だという事実のみだ。

「そうですか」

「私はルチア様を傷つけることだけは絶対にいたしません。もし今お仕えしている王太子殿下の命令であっても、それだけはないと断言できます」

ヴォルフの守りたい人はこの十二年で増えていった。

レーヴェン子爵家の養父母や義兄、学友や同僚、そして王太子。けれど、仮にもしタウバッハの騎士として魔王を討てという命令が下ったとしても、絶対にしない。

なによりもルチアを守りたいからこそ、こうして再び魔王国に戻ってきたのだ。

「わかりました、信じましょう」

アッドロラータはあっさり爪を引っ込める。

言葉でならなんとでも言えるのに、十二年も音信不通だったヴォルフを彼女は信じたのだろうか。

「随分とあっさりされていますね……」

「フフッ、信じてもらいたい立場のあなたが、もっと疑ってほしいと願うのは滑稽です」

「ですが」

「ルチア様がお目覚めになる前に、朝食の用意をお願いいたします。本日、午前中にお仕事の予定はありませんから、無理に起こさなくても大丈夫です」

アッドロラータはヴォルフの反論には興味がない様子だ。

「ルチア様は今でも紅茶に角砂糖を四つ入れておられるのですか？」

「ええ、甘党ですから。それではよろしくお願いいたします。それから正体を告げるのなら、ご自身でどうぞ」

そう言って、アッドロラータは寝室から出ていった。

彼女は結局、ヴォルフの正体を見抜いているのにもかかわらず、今のところルチアにそれを教える気はないようだった。

当人同士の問題、という立場なのだろう。

「朝ですよ……。あぁ、よく眠っていらっしゃる」

アッドロラータは無理に起こす必要はないと言っていたが、ヴォルフは彼女の綺麗な深い青色の瞳を早く見たいと思ってしまった。

煌めく青い髪を撫でて、その一房にキスをする。無反応な彼女が憎たらしく、ほんのり薄紅色の頬にも触れてみた。

二十歳のはずだが、人間と比較するとやや幼い印象。寝顔は八歳のあの頃と変わらない。

謁見のときは濃いめの化粧で大人びた雰囲気を作ろうとしていたようだが、素顔のほうが明らかに美しい。

見つめていると、昨晩許されなかった唇をこっそり奪ってしまいたい衝動に駆られるが、それをこらえ、ヴォルフは寝台を離れる。

そしてアッドロラータが置いていった果物を手に取った。林檎を持ち上げると、その陰に皮剝き用のナイフが置かれていた。

「凶器を渡さないでください……まったく！」

ルチアは無防備すぎるし、アッドロラータもヴォルフを信用しすぎだ。

幼い頃どれだけルチアとハルが親しかったとしても、人間の心など簡単に変わるものだというのに。

ヴォルフに限っては、ルチアを傷つけることはない。

アッドロラータが信用してくれたのは嬉しいが、敵国の人間の前にナイフを置いていくという危機意識のなさは問題だ。

そしてもっと問題なのはルチアだ。彼女はヴォルフの正体に気がついていない。謎の男が同じ部屋にいるのに、無防備に眠っているのはさすがにありえない。

ヴォルフはルチアと交わりたいという強い欲求を持っている。男としての彼は、ある意味でルチアを傷つける存在だ。

寝顔を眺めているだけで欲情してしまいそうだった。ヴォルフは林檎の皮を剝いて煩悩を追い出すことにした。

すると、ルチアが何度か身じろぎをしてパチッと目を開けた。

「魔王陛下。お身体は大丈夫ですか？　昨日会ったばかりの男の前で熟睡するなんて、不用心ですよ」

ルチアは寝ぼけた状態から一気に覚醒し、慌てはじめる。その様が愛おしくて、ヴォルフはついからかいたくなってしまった。

魔王の男妾となった翌日。結局、正体を明かすタイミングが摑めないまま、ルチアは執務のために私室を出ていってしまった。

魔王専用の庭園でオルトスと一緒に軽い運動をしていると、先王からの使いがやってきた。

話があるということで、ヴォルフはそのまま使いの女官に案内され、先王の私室へ向かった。

◇　◇　◇

先王は十二年前とほとんど変わらない姿で、ヴォルフを出迎えた。

髪の色、目の色——容姿もルチアと似ている。男性らしさはあまり感じられないが、とにかく美しい人だ。

ルチアはその言動が可愛らしいせいで、親しみやすさがある。

先王は穏やかだが感情を隠すのが上手い。そのせいで近寄り難い印象だった。

「随分と、大きくなったな、ハル殿。——いやヴォルフ殿か」

「はい、お久しぶりでございます」

先王もヴォルフがハルだと知っていた。

大人と子供で、昔の記憶の鮮明さは変わるかもしれないが、気がつかないルチアが鈍感すぎるのだ。

一番気づいてほしかった人物に勘違いされたまま、なぜか男妾になってしまったヴォルフは、じつに惨めな男だった。

「……それで、ヴォルフ殿は具体的にこの国でなにをするつもりだ」

ヴォルフはタウバッハ王太子と魔王を仲介する役割を負っている。

ただし、あくまでも今はまだタウバッハの人間である。

今の時点で、国王や辺境伯が再び戦をしようと画策していることを馬鹿正直に報告するのは祖国への裏切りとなる。

ヴォルフには、引き取ってくれたレーヴェン家への恩がある。

情に厚い義両親、跡取りである上の義兄《あに》はしっかり者だ。二番目の義兄は歳が近いこともあり、親友のような関係だった。

家族と、そしてなにより今、二度目の戦が起きないように尽力している王太子のため、不確かな疑惑を伝えるわけにはいかなかった。

「ここに留まることになったのは、ルチア様が私の見た目を気に入られたからでございます」

先王は手を額にあてて、大きなため息をこぼした。

「ですが先王陛下。じつを言えば、ルチア様が望まれなくても、私は魔王国に残るつもりでおりました」

ヴォルフはタウバッハの王太子の人柄や、本気で和平を望んでいることについてのみ、かいつまんで説明した。

それから胸ポケットからあるものを取り出す。

それは金属製のネックレスだ。中央に透明な石が埋め込まれ、金属部分には幾何学模様が刻まれている。

「通信用の魔石だな」

中央の石は魔王国の特産品である魔力を込めた水晶だ。魔王国は、自国の脅威とならない範囲で、この地でしか作れないものを他国に売っている。

そうやって交易をして、逆に魔王国では手に入らないものを買っているのだ。

国交のないタウバッハが、南方の国を経由してしか手に入らないことで不満を募らせ、侵略を考えるほど、人間の国にとっては貴重な品物の一つが、この水晶だった。

「我が国の王太子殿下が、魔王陛下にお伝えすべきことがある場合、私が橋渡し役となりましょう」

「なるほど。貴殿は人質というわけだな？」

「……はい」

王太子は、いつかもたらす情報の信頼性を高める狙いがあって、ヴォルフに魔王城の滞在を命じたのだろう。

用があるときに連絡を入れるだけならば、その都度親書を送ればいい。けれど、つい先日一方的に国土を侵そうとした敵国の王太子から送られてきた情報など信頼に値しない。騙すための罠かもしれない。だからこそ、人質の役割を担う者が必要だ。

「信じよう。貴殿は正式に与えられた役職どおり、〝連絡役の騎士〟というわけだな？」

「はい」

アッドロラータに続いて、先王もあっさりとヴォルフを信用した。

「ヴォルフ殿は今でも旧道を通る権利を有している。貴殿が導き手となって旧道から攻め込まれていたら、我らは無事では済まなかっただろう。貴殿の誠実さを私は信じる」

疑問が顔に出ていたのだろうか。

先王はヴォルフを信用する理由を教えてくれた。

「ありがたきお言葉です。私はタウバッハに属する者ではございますが、魔王国の平和を望み、これからも秘密を守り続けることを誓います」

十二年間悪用しなかったから、今後も信用するという理由はもっともだ。

けれどそもそも悪用する可能性もあった自分をなぜ口約束だけで帰国させたのか、以前からヴォルフは疑問に思っていた。

なにか根拠があるような気がしてはいるのだが、先王の考えはよくわからないままだった。

「最後に一つだけ。ヴォルフ殿の昔の名を、職務上の都合だけを理由にして安易にルチアに告げるのは遠慮してくれないか？」

「なにをおっしゃって……」

引退した先王に事情を話しているのに、ルチアに黙ったままでいるのは明らかにおかしい。

代替わりして間もないとはいえ、現魔王を蔑ろにするのは健全な国家と言えるだろうか。

「昔の名を告げなくても、ヴォルフ殿の目的はすでに達成しているはずだ」

ヴォルフの目的は魔王国に留まり、いざというときの橋渡し役となることだ。

予定ではかつての名を打ち明けることにより、滞在を許可してもらうつもりだったが、なぜか名乗る前に許可が出てしまった。

先王の言うとおり、すでに目的は達成している。

「ですが……」

それでは不誠実ではないか、とヴォルフは食い下がる。

「あの子は貴殿がいなくなったとき、見ていられないほど落ち込んでいた。もう二度とあんな姿は見たくはない……親馬鹿だろうか？　貴殿がかつての幼馴染みとしてあの子と向き合う覚悟があるのなら、好きにするといい」

確かにヴォルフは、まだハルとしてルチアに会う勇気を持っていなかった。

王太子から与えられた密命がなければ、二度と魔王国へは行かないつもりだったのだから。

「……かしこまりました」

ヴォルフには成すべきことがある。

それがいくら魔王としてのルチアのためだったとしても、いずれはタウバッハに戻る身だった。昔の名を名乗るときは、再び彼女を傷つける覚悟をしなければならないのだ。

「魔王としてのルチアは未熟だ。よりにもよって、貴殿を疑っているではないか？」

「それは……」

ルチアに試されている、疑われているというのはヴォルフも薄々感じていた。

先王は、まるで見ていたかのようにすべてを把握している。穏やかな印象だが、ヴォルフはどこかで彼を恐れていた。

「魔王はその能力ゆえに疑心に囚われやすい。今回のことは、あの子がこの先よき国主となるための重要な試練となるだろう。……だが心配する必要はない。ルチアは優しいだけではなく強い子だから、最良の未来へ辿り着くはずだ」

そう言って、先王は窓の外に視線をやった。

城壁に囲まれた魔王城から見えるのは、青い空だけだった。

◇　　◇　　◇

ヴォルフは十日に一度、アークライト領に潜伏し、辺境伯の行動を観察している間者との情報交換を行っていた。

オルトスの背に乗れば、散歩と同じ感覚で二国間を行き来できる。

森の入り口からは山脈が連なっているようにしか見えないのに、旧道は平坦だ。幻影を創りあげたという過去の魔王がどれだけの力を持っていたのか、考えると恐ろしかった。

間者からの報告によると、辺境伯は常日頃から「次こそ魔族に人間の力を見せつけ、正しく支配してやろう」と息巻いているというが、根拠は不明だった。

国境警備の任にあたっている騎士たちに大きな動きは今のところない。前回一万の騎士を動員したのだから、もし再び侵攻するならばそれ以上の戦力が必要となる。

動きがあればすぐに察知できるだろう。


そのあいだ、ルチアとの関係は、どんどん深いものになっていった。

相変わらずルチアは、閨事の最後までは許してくれなかった。けれどヴォルフの昂りを静めてくれるようになった。

彼女は時々、ハルとの思い出を口にする。初恋だったと告白されたときは歓喜して、すぐにでも正体を明かしたくなった。

けれど彼女にとってもうハルは過去の思い出になってしまったという事実も、同時に思い知らされる。名乗れば昔の傷を無理矢理えぐり出し、再び傷つけるのは明らかだ。

そして三日前、ルチアはヴォルフにキスを許してくれた。

きっと彼女もヴォルフを愛してくれているのだろう。それから二人ともすっかり口内の柔い部分を探り合う行為に夢中で、深みにはまっていった。

ヴォルフにとってルチアは最も大切な女性だ。今までも、これからも永遠に彼女だけを愛し続ける自信がある。

ルチアはヴォルフに魔王国での身分を与えると言ってくれた。けれどヴォルフはそれを断り、タウバッハに帰国するつもりでいる。

彼女のそばにいてもよいという権利や自信がヴォルフには欠けている。

「卑怯で、申し訳ありませんルチア様」

ずっと一緒にいるつもりがないのに、そばにいられるうちにルチアに己という存在を刻み込み、溺れさせた。

ハルではなく、ヴォルフとしても再び彼女を傷つける予想ができているのに、どうしても愛することをやめられない。

そろそろ朝食の時間だ。小さく丸まって眠っているルチアに覆い被さり、無理矢理正面を向かせてキスをした。

「……ふっ、……ん？　――んんっ」

目を覚ましたルチアは、状況が理解できずにヴォルフの胸を強く押した。彼が構わず深く繋がろうとすると、やがてルチアの強ばりが解かれ、彼女のほうも応えてくれる。

彼女は今、このときだけはヴォルフだけのものだった。

この関係が終わるのがいつになるのかわからない。

一年、二年続くものではないのは確かだった。終わりがあると互いに宣言しているからこそ、期限までの時間がとにかく惜しかった。

「……ヴォルフ、朝は困る」

「嫌ならば、抵抗すればいいでしょう？　私など簡単に退けられるのだとおっしゃっていたのですから」

「嫌、ではなく……困ると言ったんだ！」

真っ赤になって困惑している。こんなルチアを知っている者はどれくらいいるのだろうか。もっと動揺させてやろうとヴォルフが思ってしまうのは、完全に彼女が悪い。

朝の甘い時間を過ごしたあとは、朝食をとる。それから、ルチアの長い髪を梳いて、着替えを手伝う。彼女が執務のために私室から去ったあと、魔王軍の兵と一緒に、汗を流すのがヴォルフの日課だ。


そしてこの日、通信用の魔石が熱を持った。

魔石に付与されているのは「発熱」という力だ。二つで一組となっているこの道具は、片方の所有者がもう片方の魔石を操ることができる。単純な仕組みだが、魔王国で採れる魔石がないと作れないため、タウバッハにとっては貴重な品だ。

魔石が熱を持ったということは、アークライト領に潜伏する者が、定期報告以外で魔王国と連絡を取りたがっている意味となる。

それは事態の急変を伝えるものでもあった。

ヴォルフは目立たない旅装束に着替え、オルトスと一緒に旧道を使い、アークライト領に向かった。小型化しても目立ちそうなオルトスには森の中に待機していてもらい、単身で領主屋敷の下に広がる町へ入る。

間者は、王太子との関わりを隠し、屋敷で働いていた。

町にある小さな一軒家が間者の住まいであり、王太子の意を汲み行動する者たちの拠点となっている。

近づいたところで、ヴォルフは持っている魔石に向かって呪文を唱えた。それで相手に到着を伝える。

拠点で待っていると、一時間もしないうちに屋敷から抜け出してきたと思われる間者が姿を見せる。

「レーヴェン殿。魔王国からここまで、随分早いものだな」

ハンチング帽をかぶった、労働階級ふうの男だ。洗いざらしのシャツにベストという服装で腰には仕事道具がぶら下がっている。剪定ばさみや枝切り用のナイフ――彼は庭師として、領主屋敷に潜入しているのだ。

細めの目が人懐っこそうな印象を与える人物である。

「以前も説明いたしましたが、魔族の中にはあの山脈を越える能力を有した方もいるので、送っていただいたのです」

人間でも許可さえあれば通り抜けができるという事実には触れず、ヴォルフはそのように説明していた。彼はタウバッハの人間だが、魔王国の情報を簡単に漏らしはしない。なによりも、ルチアの安全が優先だった。

「そんなとんでもない種族を相手に、どう戦うことやら……。じつは、辺境伯が本格的な出撃準備をはじめている」

先ほどまで笑っていたのが嘘のように、間者は急に真面目な顔をした。

「王太子殿下の懸念が的中したということですね。いつ頃進軍を開始するのでしょう?」

大軍を動かすのなら、人員を集めるのも兵糧を用意するのも時間がかかる。前回の定期報告で訪れたときにはまだ挙兵できる段階ではなかった。

「だがどうも様子がおかしい」

「どこがです?」

「以前より、騎士の数が少ないんだ。三百人ほどだろう」

前回、タウバッハは一万の騎士を動員しても、魔王国に歯が立たなかった。国境を守る要塞に矢の一本すら届かないまま、戦いは終わっている。

騎士の数を二倍、三倍にするのならともかく、わずかな人員で魔王国に攻め入ることなどありうるだろうか。

「魔獣の討伐ではないのですか?　辺境伯は森を開拓したり魔獣を捕獲して利益を得よう

と考えていたはずです」

そもそもの戦の原因は、アークライト領内での魔獣被害だった。

魔に属する森を人間が開拓しようとして森に住む魔獣の怒りに触れた。タウバッハは魔獣被害を魔王国の陰謀と主張し、宣戦布告をしたのだった。

「さすがに魔に属するあの森を開拓するという計画が無謀だったと、辺境伯も学んだだろう。装備も魔獣用のものではなかった。まぁ、確かに魔王国への挙兵と捉えるのも無理はあるのだが」

「そうですね」

魔獣の討伐にしては装備がおかしい。魔王国に攻め入るには人員が少ない。どちらにしても情報不足だった。

「レーヴェン殿は、この情報をできるだけ高く魔王国に売ることを考えてくれ」

売りつけるという言葉は、ヴォルフには違和感があるが、聞き流す。

現国王を退位に追い込んだあと交易の再開ができるように、有益な情報を教えて魔王国に恩を売れ、というのが間者の指示であり王太子の命令だ。

ヴォルフの正式な主人はタウバッハ王太子だ。国王よりもその政策に共感が持てるし、視野の広い人物だと思っている。

けれど、魔王国に対し友好的な政策を取りたい根本は、タウバッハの利益になるという理由だけだった。そこには正義感もなければ魔族に対する敬意もない。

一方、ヴォルフは個人的な都合で両国の和平を望んでいる。

このあたりはヴォルフの行動理念と王太子の思惑は不一致だが、だからこそヴォルフは王太子を信用していた。

友好がタウバッハの利益になるという根本が崩れない限り、王太子はルチアの敵にはならないのだから。

「……はい。ですがその前に、辺境伯の意図がなんなのか詳しく探らねばなりません」

中途半端な情報をもたらしても、混乱させるだけだ。

オルトスの散歩として魔王城を出たヴォルフが、夜になっても戻らなければきっと騒動になるだろう。

それはわかっていたが、そろそろルチアに正体や目的を隠したままでいるのは限界だった。正確な情報を手みやげにして、魔王城を許可なく離れたことを謝罪すればいい。

ヴォルフはそう考えて、調査を優先した。

間者との密会を終えたヴォルフは、出撃準備を調えているであろう騎士たちの様子を確認し、情報集めに奔走した。


そして翌日、辺境伯率いる約三百人の騎士が南に向けて進軍をはじめた。これはさすがにヴォルフにも予想外の事態だった。

（――どういうことだ？）

気づかれないように距離を保ちつつ、騎士たちの跡をつけていたヴォルフはすぐに異変を察知した。

魔王国とアークライト領を直線で結ぶ道は、旧道のみ。外からは高い山脈が連なっているように見えていて人が超えることはできないとされている。

けれどタウバッハの騎士たちは、ヴォルフにしか見えないはずの旧道の入り口付近で待機している。

出立したばかりの中途半端な場所で、休息を取るなどありえない。

「聞けば魔王は若い女だというではないか。女にかしずく軟弱な者しかいない国など、我らが本気を出せば負けるはずがないだろう」

久々に聞く辺境伯――ヴォルフの叔父の声だ。

最後に会ったのは十二年前だ。その頃に比べると髭と腹が立派になっている。辺境伯は国境守備の責任者であるため、騎士を束ねる将である。

けれどどこからどうみても剣を振るう者の体型ではなかった。

「それにしてもフェロルディという魔族は信用できるのですか？」

そばにいた騎士の一人が辺境伯に問いかける。

「信用？　魔族を信用などと、冗談だろう！　……ハハッ、利用してやるの間違いだ。あの男は我らの戦力なくしてはなにもできないのだから」

辺境伯を含め、タウバッハの人間は根拠なく魔族を見くだす傾向がある。

特殊な能力については把握しているのに、魔族は人間の亜種で、人間よりも劣った存在だという認識を改めない。

「それもそうですな」

「おぉっと、魔族がどれくらい耳がいいのか知らないからな。口を慎もう」

それはつまり、間もなくこの場に魔族がやってくるという意味になる。

「……フェロルディ……？　ジルド・フェロルディがルチア様を裏切っているのか……」

魔王国側で、旧道の通行許可が与えられている魔族がどれくらいいるのか、ヴォルフは知らない。けれど過去に祖父とこの道を使って魔王国を訪れたときの記憶から、導き手がいれば全員に許可がなくても、旧道の利用は可能だと知っていた。

ルチアと同族のいとこで、魔王国の内務大臣。そんなジルドが裏切って、旧道からタウバッハの騎士を引き入れたら、どうなるのだろうか。

ダレッシオ将軍は強い。城にいる魔王軍の兵も、皆それぞれ人間よりも秀でた身体能力を持っている。

けれど、基本的に国境さえしっかり守っていれば争いはなく安全な国だから、魔王城そのものの兵は少ない。

城下の治安維持部隊など、周辺の兵をかき集めなければいくら魔族でも対応できない。

「知らせなければ」

防衛の準備をしないまま敵が旧道を越えたら、数で劣る魔王軍が不利だった。

ヴォルフは旧道付近にいたタウバッハの騎士たちから離れ、森へ近づく。

するとすぐに子犬のオルトスが森の奥から姿を現した。

「今から魔王城へ戻ります。あちらに人間がたくさんいたでしょう？　あの者たちが魔王城に向かう可能性があるので、ルチア様に知らせなければいけません」

オルトスはヴォルフの言葉を理解して、本来の姿に戻った。

「旧道は、敵に見つかる可能性があります。オルトスは森の中でも平気ですよね？」

「キュゥウン」

オルトスの返事を聞いたヴォルフは、いつものように馬くらいの大きさの魔犬に跨がる。

姿勢を低くし、しっかりと摑まる。すぐにオルトスは勢いよく駆けだした。本来この森に住んでいるはずの魔犬は、木々がひしめき合う森の中でも上手に走りまわる。

このまま魔王城まで急ぎ、危機を知らせれば迎え撃つ準備の時間はあるはずだ。

ところが、急にオルトスが止まってしまう。

「オルトス？」

彼が鼻の先を使って指し示したのは、旧道のある方角だった。なにか音を拾っているのか耳がピクピクと動いている。

そのまま足音を消しながら、オルトスが旧道のほうへと近づいた。

オルトスは地面に伏せ、ヴォルフに下りるように促す。ヴォルフがそれに従うと、子犬の姿になり、太い木の陰に隠れ、ヴォルフの外套を引っ張った。

（隠れていろ、ということですね……）

ヴォルフもオルトスに倣い、息を潜め、耳を澄ます。やがて葉を踏みしめる音が聞こえだす。音の鳴る間隔から判断するとかなり急いでいるのがわかる。

通り過ぎたところで、木々の合間から覗き見ると、ブルーグレーの髪の男が走り去るのが見えた。

（やはり、フェロルディ殿か）

今すぐに合流されてしまうと、オルトスがどんなに速くても、奇襲に対する魔王城の準備が間に合わない可能性があった。

「オルトス、ルチア様のところまで手紙を運んでくれますか？」

「ワゥゥ？」

なぜヴォルフは一緒じゃないのか、と言っているのだろうか。子犬のオルトスはキョトンとしている。

「私はもう少し、彼らの様子をうかがいます。一人でも魔王城へ戻れますから、大丈夫ですよ。オルトスは急いでください。私を乗せていないほうがずっと速いはず」

ヴォルフは胸ポケットからペンと紙を取り出して、急いで用件を書き記す。

それを四つ折りにしてからオルトスに咥えさせた。

「必ず旧道ではなく、森の中を走るんですよ。それから、手紙はルチア様に直接渡してください」

「グルゥ」

手紙を咥えているせいで吠えられないオルトスは、代わりに喉を鳴らす。

「私がいないあいだは、ルチア様を守ってくださいね。オルトス」

ヴォルフはオルトスの頭を撫でて、送り出す。

子犬の短い前足でちょこちょこと駆けだしたオルトスは、徐々に大きさを変え本来の姿に戻りながら魔王城のほうへ消えていく。

「さて……、かなり厳しいですね」

旧道から離れすぎると、ルチアから与えられている力が意味を成さなくなる。ヴォルフは森の奥へは進まず、その場にあった倒木に腰を下ろした。

オルトスには一人で戻れると言ったが、ただの偵察では終わらない可能性を彼は考えていた。

騎士であるヴォルフは、城内の守備を固めるのに、時間がかかることをよく知っている。

（あと数時間、動きださずにいてくれたのなら）

もし、すぐに動きがあった場合、ヴォルフは単身で時間稼ぎをするつもりだった。

森の入り口でタウバッハの騎士たちが待機していた理由は、導き手がいないからにほかならない。

裏を返せば敵を全員森の中に誘い込んだとしても、導き手を倒せば、彼らは魔獣の住み処に取り残され恐ろしい森をさまようことになる。

（フェロルディ殿がどんな能力を持っているのか、わからないのが不安ですが）

ジルドはルチアと同じ魔王一族だ。だから能力もルチアと似ているという予想はできる。

ルチアは水を操る。風呂の湯を熱するのが得意で、最近では毎日ヴォルフのために湯を用意してくれる。

それから、先日ヴォルフの訓練中に、大気を真冬のように凍らせていた。大気の中にある水分を操っていたのだろう。

人間よりも強いと豪語するが、彼女が戦っている姿をヴォルフは一度も見ていない。

彼女が普段見せている力は、戦いには不向きに思えた。

それでもルチアたち一族が魔王国の国主だ。ヴォルフの知らない、魔族を統べるのにふさわしい力を持っているに違いない。

ルチアの能力から、ジルドも水を操るという可能性を導き出してはみるものの、戦闘力は未知数だ。臨機応変に戦うしかない。

（三百人の兵は相手にせず、狙いはフェロルディ殿一人……）

ヴォルフが今いる地点は、旧道のタウバッハ寄りの場所である。ここを二時間以内に敵が通過した場合、そのまま行かせることはできない。

ヴォルフが分の悪い賭けに挑むのは、これが最初で――もしかしたら最後となるかもしれない。

「ルチア様……」

ルチアを守ることがヴォルフにとってなによりも優先だった。所属する国がどうとか、今仕えているのがタウバッハの王太子だとか、そんなことはどうでもいい。

二番目に優先するのは、彼自身の命だ。

四日前、彼女のもとを去るときは、必ず別れの挨拶をすると約束した。以前のように、なにも告げずに彼女から逃げて、もう一度傷つけたくはない。

瞳を閉じて、敵の気配に耳を澄ませていると、頬に一粒のしずくが落ちた。

「雨？」

一度葉の上に落ちた雨粒が、ポツン、ポツン、とヴォルフの頭や肩に落ちてくる。わずかな時間で豪雨となり、静寂に包まれていた森が騒がしくなった。

「ついてないな」

雨音は近づいてくる敵の足音をかき消す。敵の位置を迅速に把握できなければ、奇襲しか勝機のないヴォルフが不利になる。

そのとき、ヴォルフの頭上で一瞬なにかが光った気がした。

とっさに飛び退くと、ヴォルフが座っていた倒木に、氷柱が刺さっていた。

「この旧道に人の気配など……いったい誰だ？」

ジルドの声がこだまする。遅れて複数の足音が聞こえだした。

「やはり氷か」

氷柱が雨粒でできているのだとすると、天候さえ敵の味方ということだ。

仕方なく彼は、旧道へと飛び出した。敵に居場所を知られてしまったのに、ヴォルフからは相手が見えない。しかも彼の武器は剣のみだ。

横殴りの雨で極端に視界が悪かった。やがてアークライト領側からジルドが姿を現す。

その後ろにはきっちりと辺境伯とその部下の姿も見られた。

「……何者だ」

ジルドが問いかける。

外套のフードを目深にかぶっているせいで、ジルドも叔父も、ヴォルフの正体には気づかない。

「敵か味方かもわからない者にいきなり攻撃するとは。危ないですよ」

ヴォルフは大げさに肩をすくめてみせる。見つかってしまった以上、少しでもジルドに近づいて、攻撃に移るしかない。

「何者だと聞いている！」

「先に名乗っていただきたいのですが。それが礼儀でしょう？」

もし導き手の無力化という第一の目標が叶わなかった場合、次に有効なのは時間稼ぎだ。

ヴォルフは相手が苛立つのがわかっていて、わざとこの状況がなんでもないことのように装った。

ジルドが舌打ちをする。直後、彼の頭上に氷柱が現れて、鋭い先端がヴォルフを狙う。

「また氷か！」

ジルドは冷静な人物だった。

ヴォルフの思惑には乗らず、すぐに邪魔者を排除するつもりのようだ。

ヴォルフはあきらめて、剣を抜き放ちながら、敵の懐に飛び込んだ。

どれくらいの精度があるのかわからないが、接近戦では一歩間違えば氷柱がジルド自身に突き刺さるはず。ヴォルフは近づいてしまえば、飛び道具は使えないという一般論に基づいて攻撃に転ずる。

予想が当たったのだろうか、ジルドも剣を抜いて応戦するが、氷柱の攻撃はなかった。

細い旧道ではどれだけ大軍だろうとも、まともに動けるのは十人足らずだ。タウバッハの騎士たちは弓を構えるが、ジルドへの誤射を恐れて動けない。

「どうやってこの森に入り込んだのやら。……危うく計画が破綻するところだった」

剣を繰り出した動きで、ヴォルフのフードが後ろに流される。ジルドは正体を知り、目を見開いた。

「我が名は、ヴォルフ・ハルトヴィン・レーヴェン。ルチア様の御ため、あなたを通すわけにはいかない」

この一撃に賭ける。ヴォルフが決意して踏み出そうとした瞬間、突然足が動かなくなる。

下を見ると、地面が凍りつき、ブーツが氷で覆われていた。このまま剣を振り下ろされたら、ヴォルフには防ぎようがない。

ジルドはすぐにとどめを刺さず、剣の届かない場所まで下がった。

「ハルトヴィン……？　だと」

声の主は辺境伯だった。

「久しいですね、叔父上」

「おまえ、……一族の恥さらしが！」

「なにをおっしゃっているのでしょう？　私は国からの正式な要請により、タウバッハと魔王国の友好を促進する役割で滞在しているのですよ。まさか、合意したばかりの休戦協定を宣言もなしに破るおつもりですか？」

タウバッハの人間が魔族をどう思っていようが関係ない。魔族が倫理感の欠如した下等な種族であるというのなら、タウバッハの人間はせめて国が同意した取り決めを守らなければならないはずだ。

「黙れ！　魔族との約束になんの価値がある。あの裏切り者を黙らせろ！」

騎士の一人がヴォルフに襲いかかろうとした瞬間、足下の氷が割れる。雨に打たれ、一部が解けたのだ。

旧道は狭く、一度に多くの敵と対峙せずに済む。

ヴォルフは間合いを詰めて、二人の騎士を倒す。けれど、相手も同じ騎士だ。全部で六人を戦闘不能にしたところで、限界が訪れる。後方に飛びすさった直後に、また氷がヴォルフの自由を奪った。

「あなた方もタウバッハの騎士でしょう？　よくもまぁ、こんな卑怯な真似ができたものだ。成功しても一生卑怯者と蔑まれる覚悟があるのですか？」

ヴォルフの言葉に、騎士たちが怯む。

前回はでっち上げだとしても「魔王国が魔獣被害を起こしている」という理由を大半の国民が信じた。けれど、今回は宣戦布告すらなしに奇襲を行うのだ。

騎士たちがどれだけ手柄を立てて都に戻っても、英雄にはなれない。

わかっていても彼らは、王命で動いている辺境伯に異を唱えることはできないのだろう。

辺境伯が手をかざすと、数名の騎士が弓を構えた。

打つ手なし、とヴォルフは目を閉じた。ヴォルフが稼いだわずかな時間で、どれくらい魔王城の守備を固められただろうか。

「ルチア様……、申し訳ありません」

別れるときは挨拶をすると約束をしたのに、また叶わなかった。

「ヴォルフ――ッ！」

高い声が森に響いた。同時に地響きのような咆哮。ガシャーン、とガラスの割れるような音が響く。

放たれたはずの矢が凍りつき、重みで地面に落ちたのだ。

「ルチア様？　なぜ」

「それはこちらの台詞だ！　弱いくせに、どうしてオルトスと一緒に戻らなかったんだ。

わたくしは、そなたを失いたくない」

彼女は目を真っ赤にしている。頰が濡れているのは雨ではなく涙だろうか。

「ルチア……？　これが、魔王か……こんな、弱そうな女が……」

辺境伯はジルドから魔王の名を聞いていたのだろうか。彼女の容姿に驚いて、うわごとのようにつぶやいた。

「わたくしは非力だが、戦えないわけではない。それに、今日は天が味方をしてくれている」

ルチアが辺境伯と騎士に向けて手をかざす。すると分厚い氷の柱が地面から突き出てくる。辺境伯はそれに串刺しにされそうになり、尻もちをつく。

旧道を複数の柱が塞ぎ、タウバッハの騎士も辺境伯も、ルチアたちにまったく攻撃ができない状況となった。

唯一残されたのは魔族の裏切り者、ジルド・フェロルディだった。

「そなたがこの道を通れるとは知らなかったぞ、ジルド殿」

「私も最近知ったのですよ。城壁の修繕指示のため、北側の森に近づいたら旧道がはっきりと見えたのです。……父親の代で魔王の資格なしという烙印を押された私の能力など、先王は気にもしなかった」

魔王と魔王が認めた者だけが通れる旧道が、彼にも見えた。それがきっかけとなり、なぜ自分には王位継承権がないのかと疑問に感じるようになったということだろうか。

「だからといって、なぜ裏切った？　……そなたは忠臣だったはず」

「魔王の素質がなんだというのですか？　穴だらけのその力は、代替えの利くものでしょう！　それどころか過去、国を窮地に陥れ、争いのもとにもなった。その力を持つ者が、統治者である必要がどこにあるというのです！」

時々語気を強めながら、ジルドはそんな告白をした。

「わたくしは、国主として魔族を守ってきたつもりだ」

「私やほかの臣を頼って……でしょう？」

「それのどこが悪いというのだ！　臣の意見を聞くのは、間違えないために必要だろう？」

ルチアが握りしめた手を震わせている。彼女は自身の未熟な部分をきちんと理解し、認める勇気を持っているのだ。

「私のほうが、効率よく統治できますよ。……正しい魔王なら、せめて私を王配に選ぶべきでした」

「ジルド殿……、なにを言っているのだ？」

二人の話し合いは平行線で、交わることはない。

魔王の素質が、先ほどルチアが見せた氷を操る強さではないというのはヴォルフも察している。

詳しくわからないままでも、ジルドの語る話には、矛盾があるとわかった。

「フェロルディ殿。仮にあなたが魔王国の中で最も統治者にふさわしいとして、その後継にも同じようにしろというのですか。代替わりのたびに内乱をしろと？　それこそ、二十五年前の繰り返しだ」

ヴォルフは二十五年前の大粛正も祖父から聞いた過去の事件としてしか知らない。けれど初代魔王がルチアの一族に決まった経緯や、ジルドが王位継承を持っていない理由に、それなりの合理性があるのは予想できる。

今現在のジルドが、統治者としてルチアより優秀であるとしても、魔王の位を簒奪していい理由にはならない。

ルチアを討つ正当性があるとしたら、それは彼女が民を守る役割を果たせない愚王になったときだけだ。

臣に頼る部分が少なからずあったとしても、決断を間違えないという点でルチアは魔族を統べる存在としてふさわしい。

結局ジルドは己の欲で魔王という地位を欲しているだけなのだ。

「黙れ！　男妾が」

身分や役割で相手を貶すことでしか反論できないのなら、それはジルド自身に正当性がない自覚があるという証拠になる。

「ジルド殿。わたくしは魔王の役割を果たしている自負がある。だから、そなたはただの反逆者で、敵を招き入れた咎人として処罰する。――ヴォルフ」

「はい、魔王陛下」

「今、この場にある水はすべてわたくしの支配下にある。できれば意識を奪うだけで生け捕りにしたいのだが、それはそなたの不利益となるだろうか？」

「私の役割は、二国間にこれ以上の問題が発生しないように努める連絡役です。任務変更の知らせは受けておりません」

魔王であるルチアからの要請があれば、手を貸すことになんの問題もない。

正式な命令書をもらって魔王国に滞在しているヴォルフにとって、ジルドも辺境伯率いる騎士も、すべて友好を壊そうとする反逆者である。

もちろん実際は辺境伯の裏で、国王が糸を引いているのだと知っている。それでも彼らの捕縛に協力しても、誰も表立ってヴォルフを罰することはできない。

そしてジルドと辺境伯、それから騎士たちに証言をさせれば、国王の卑怯な手段が明るみに出る可能性が高い。

貴重な証人を確保するのは、王太子の意に添う行動だった。

「では、両国の友好のため力を貸せ。わたくしだと、怪我では済まない可能性があるから」

「御意」

ヴォルフが剣を構えるのと同時に、ジルドも腰にある剣をするりと抜き放つ。

「フッ、ルチア様は甘い。……文官だからといって、舐めてもらっては困ります」

「こちらも、魔力を持たない人間だからといって、侮らないでくださいね」

言うやいなや、ヴォルフが一気に間合いを詰めた。

確かにジルドは剣も素人ではなかった。ルチアにすべての水を支配されたため、今の彼はただの人間と変わらない。純粋な剣技だけで、ヴォルフの攻撃を受け続ける。

十を超える打ち合いのあと、ジルドの剣が後方に飛び、茂みの中に消えていく。

ヴォルフは、剣の柄を相手のみぞおちに打ち込んだ。

「カハッ！」

それから前のめりに倒れ込んだところに手刀を食らわせ、気絶させる。

「さすがはダレッシオ将軍が認める男だな。よくやってくれた、ヴォルフ。……ジルドは縛っておいてくれ。オルトスに運ばせる」

「かしこまりました」

「――さて、タウバッハの騎士たちよ」

ルチアが手をかざすと、分厚い氷は数秒で解けて水に変わった。

ヴォルフはルチアがなぜわざわざ防御壁の役割を担っていた氷を消失させたのかわからず、ひとまず騎士たちから彼女を庇う位置に移動する。

けれどルチアは不敵に笑い、護衛は必要ないと目配せしてから、ヴォルフを押しのけた。

「ジルド・フェロルディは意識を失い、導き手としての役割を果たせない。そなたらはどうする？」

腰に手をあてて、かなり偉そうな態度だった。

実年齢より若く見えてしまう魔王は、敵に侮られないように、普段ならば人間には姿を見せず、声すら聞かせない。

　今は彼女を隠す玉座も布もない。豪雨のせいで化粧が流れ落ちてしまっている。だから態度で威厳を保とうとしているのだ。

「ならばこの場で魔王を倒せばいい。かかれ！」

　辺境伯が、配下の騎士に命じた。

　近くにいた騎士が、気勢をあげながら剣を抜き、襲いかかろうとした。

「自ら戦うつもりはないのか？　あきれた卑怯さだ」

「ルチア様！」

　ヴォルフはルチアを庇うが、すぐにそれは無意味だったと気がつく。

「――ギァァッ！」

　地面から蔦のような氷が伸びてきて、騎士を捕らえた。哀れな男は、剣を掲げたままの体制で、身動きが取れなくなった。

「こ、この――！」

　別の騎士がルチアに弓を引く。けれど矢が放たれるより、騎士が凍りつくほうが早かった。

「わたくしは魔族の中で戦闘力はさほど高くはない。だけど防御はそれなりにできるほうだ。眠っていても矢なんて貫通しないから」

　さほど高くはないというが、明らかに嘘だった。ヴォルフはここ最近、魔王軍の訓練に参加している。個々の特性を活かした戦い方を極めるのを目的とした訓練中に、魔族の能力を何度も目撃した。

ルチアは努めて殺傷力の低い方法で力を使っているだけで、やる気があれば戦えるのだ。向いていないのは、本人の気性だろう。

「この、バケモノが……」

「そなた、顔と発言が不愉快だから、ちょっと黙っていてもらえるか？」

辺境伯の唇が凍りつく。ご丁寧に鼻の穴を塞がないところが彼女の優しさを証明している。

「騎士たちよ。導き手を失ったそなたたちが選べるのは二つの道だ。虜囚となって、魔王城に行くか、ここで――」

ルチアがもう一つの選択肢を提示しようとしたところで、ヴォルフやルチアから近い場所にいた騎士が、逃走をはじめる。

状況がよくわかっていない後方の騎士を押しのけて、転倒したものを容赦なく踏みつけた。もう規律を保っているとは言えない状況だ。

「うぅわぁぁ！」

一人の騎士に続き、冷静さを欠いた何人もの騎士が我先にとタウバッハ方向へ敗走をはじめる。

彼らはジルドからどこまで聞いていたのだろうか。魔族の到着を待ってから進軍をはじめたのだから、導き手から離れればどうなるかを知っているはずだった。

「オルトス止めてやれ」

「ワンッ！」

オルトスは勢いよく森の中に飛び込んで迂回しながらタウバッハ側へとまわる。豪雨のせいで極端に見通しが悪く、オルトスの姿は見えないが、遠吠えと混乱する人間の声が響き渡る。

旧道には三百人のタウバッハ騎士がいる。もう隊としては機能しておらず、すべての人間を救うのは無理だった。

「静まりなさい。助かりたくばこの場に留まるのです！」

見かねたヴォルフは声を張り上げた。

手前にいるものだけでも、三分の一ほどの騎士が姿を消している。残ったのは冷静だった者と、腰を抜かして動けない者だった。

「引き返そうとしても、わたくしの姿を見失った瞬間にさまようことになるだろう。運がよければ帰れるかもしれないが、勧めはしない。魔族は無駄な殺生なんてしない……だって、掃除が大変だろう？」

先ほどまで戦闘が繰り広げられていた場所にふさわしくない、無邪気な顔で彼女は笑う。

ヴォルフにとっては可愛らしく、いつまでも見ていたい、できるのならほかの者には見せたくないルチアの表情だ。

けれど、騎士たちは震え上がる。

ルチアたち魔族は、人間が勝手に思い描く悪しきイメージをできるだけ崩さないように装っているらしい。掃除が大変だから、という人間の命そのものはどうでもいいという態度を真に受けたのだ。

彼女はゆっくりと魔王国側に向き直り、歩きだす。いつの間にか戻ってきたオルトスが、気絶しているジルドを背に乗せた。

「ルチア様、敵に背を向けてもよろしいのですか？」

二人と一匹が先導するかたちで、タウバッハの騎士たちの護送がはじまる。

「人間ごときに害されるわたくしではない。まぁ……できるかどうかは別にしてこの場でわたくしが意識を失えば、人間は森に食われるだけだから」

死にたい者は試してみればいい、と言わんばかりに不敵に笑ってみせる。

ルチアが歩きだすと、寒さでガタガタと震えている辺境伯、その後ろの騎士たちが無言のままついてくる。

タウバッハの人間たちは葬列のように覇気がない。

「そなたには言いたいことがたくさんある。でも、感動の再会もこれでは雰囲気が台無しだ。だから一言だけ――」

覇気のない二百人の騎士がついてくるこの状況では感動の再会もままならないとルチアはぼやく。

「――お帰りなさい。……会いたかったぞ、ハル」

ヴォルフはこのまま辺境伯や騎士たちを置き去りにして、さっさとルチアと二人きりになりたい衝動を抑えるのに必死だった。

最終章　女魔王と伴侶

魔王城に戻ったルチアは夜遅くまで、反乱未遂事件の事後処理に追われていた。

ジルドは意識を取り戻したあとも、ほかに仲間がいたかどうかについては固く口を閉ざしていた。だから城内にあるジルドの執務室や、屋敷に捜索が入った。

そこで明らかになったのは、魔族の中にもジルドの協力者がいたことだ。

彼は、タウバッハの騎士たちを囮にして、そのあいだにルチアや先王を暗殺する作戦を考えていた。

ところが予定時刻になっても騎士の奇襲は起こらず、暗殺対象のルチアは魔王城にいなかった。

暗殺者たちはジルドが所有している屋敷で待機していたところを魔王軍に捕縛された。

彼らは明日以降、厳しい取り調べを受けるだろう。

ルチアと同様にヴォルフも忙しそうだった。もう一度アークライト領に戻り、領内にいる王太子の部下に書簡を送り、対処を求めたのだ。

「今夜は帰ってこないかもしれない……そのほうが、わたくしにとっても好都合だ」

ハルとヴォルフは同じ人物だった。

そう理解した瞬間、今までわからなかった自分自身の感情がスーッと腑に落ちた気がした。ルチアはきっと、謁見の間で再会した瞬間から、本能では彼がハルだと察していたのだ。理屈ではなく、ルチアは彼の魂に惹かれるのだろう。

（だが、無理だ……！）

よりにもよって彼を男妾として扱ってしまったのだ。

初恋の男の子に恥ずかしい場所を舐めさせて感じてしまった自分の愚かさを今になって後悔しても遅かった。

森の中でも相変わらずヴォルフはルチアを敬い、嫌っている様子は見せなかった。なぜすぐに正体を言ってくれなかったのかわからないままだ。

「ヴォルフが……ハルが悪いんだ……」

責任転嫁の言葉をこぼしたあと、ルチアは寝台に寝そべった。

そろそろ日付が変わる頃。明日のためにも今はもう休んだほうがよかった。頭ではわかっているのに、気分が高揚して眠気が襲ってこない。

ジルドのこと、明日からはじまるタウバッハとの再交渉のこと――そしてヴォルフのこと。考えるべきことが多すぎた。

毛布に包まってモゾモゾとしていると、メインルームへ続く扉のほうがわずかに明るくなった。

「ヴォルフ？」

「……申し訳ありません、気をつけたつもりなんですが」

ルチアを起こさないようにできるだけ気配を殺していたのだ。

「いや、いい……まだ眠っていなかった。今夜は寝つけなくて」

ルチアは身を起こして、ガウンを肩にかけて立ち上がる。

ヴォルフはすぐに近くまでやってきて、ルチアの手を取った。帰ってきたばかりなのは、手が冷えていることでよくわかる。

いくら旧道という近道とオルトスという相棒がいたとしても、一日に二度もタウバッハと魔王城を往復するのは、並大抵ではない。

「ただいま帰りました」

彼は疲れた様子を見せず、挨拶をしてからルチアの手の甲に唇を落とした。

「うん、ご苦労だった。報告は明日でいいから、今日はゆっくり休むといい。ちょっと待っていろ。別室を用意させる」

ルチアが女官を呼ぶためにヴォルフから離れようとする。けれどヴォルフは一瞬でルチアの腰に手をまわし強い力で引き寄せた。

「怒っていますか？」

「怒ってなんて……」

ルチアは思わず目を逸らす。ヴォルフに早く休んで疲れを取ってほしいという思いが半分、幼馴染みの少年がチラついてまともに顔も見られないという思いが半分あるだけだ。

「ではなぜ私を遠ざけるのですか？」

「だって、……ハルとわたくしは幼くて清らかな関係だったのに……」

自らの浅はかな行動のせいで、二人の関係を壊してしまったという気持ちがルチアの中にある。

「だから言えなかったのですよ」

ヴォルフが大きなため息をつく。

「意味がわからない」

過去に親しかった事実が、ヴォルフにとって不利益だなどと、ルチアには思えない。

彼が魔王国に敵対する者であれば、過去の関係が邪魔になるのは理解できる。けれど、彼は今回、ルチアを守り、魔王国とタウバッハの友好のために働いた。

それならば最初から打ち明けてくれたらよかったのだ。ルチアがハルを疑うはずはないのだから。

「貴女は王配を選ばなければいけないのでしょう？　私が貴女のそばに侍る役割をしなければ、そのうちほかの男を招いたはずだ」

ルチアは言い返せなかった。

父親から一途でやや潔癖な性格を受け継いでいるルチア本人には、好きな男性と結ばれたいという夢があった。

けれど、魔王である彼女は個人の感情よりも、責務を優先する。

幼馴染みの少年を夜伽の相手には指名できないし、近いうちに相手を選ばなければならない状況になっていたはずだ。

「私はもう子供ではないので、清らかな関係ではいられなかったんですよ。……ほかにも理由はありますが、それがハルだと名乗らなかった最大の理由です」

今日もヴォルフは強引だった。

寝台に押し倒し、ルチアを組み敷いた。

魔族――魔王一族の能力や強さを目の当たりにしても、彼はルチアを恐れない。

それどころか、ルチアの魔力がヴォルフを傷つけないという確信を深めたのだろう。

ルチアは彼の前だと、ただの非力な女だった。

「ヴォル……フ。今日は疲れているだろう……？」

まっすぐな髪を一房取って、ヴォルフはそれを弄ぶ。

髪の毛一本すら愛おしいと言われているような気がして、ルチアは真っ赤になった。

今までも決して平気ではなかったが、ハルにされているのだと思うと、感情が何倍も昂ってしまう。

「ルチア様は以前私に言いましたよね？　もし想う相手が会えるところにいたのなら、絶対に、あきらめたりしない……と」

「だって、それは！」

「ルチア様の想い人は誰ですか？　私でしょう？」

言われた瞬間、ズキンと胸が痛む。

言わないほうが彼のためだとルチアなりに考えて言葉にしなかったのだ。

口にしてしまったら、きっと彼を引き留めてしまう。

「そんなの……ヴォルフはいつかここから去るつもりだから昔の名を隠したのだろう？

わたくしは、そなたを縛りたくない」

ルチアの瞳に涙が滲む。

今のヴォルフの言葉はずるかった。きっと彼はルチアの想いに応えてくれないくせに、
愛情はほしいのだろうか。

目尻からこぼれ落ちた涙をヴォルフがキスをして吸い取った。

「どうか三年待っていただけませんか？」

「三年……？　そなたはタウバッハでなにがしたいのだ？」

いつかはタウバッハに帰ると言っていたのに、どういうつもりなのだろうか。待ってい
る人がいるのではないか。ルチアにはよくわからない。

「現在の国王陛下の退位を見守り、王太子殿下の治世が進む方向を見定めたいのです」

二度の魔王国への侵攻が失敗に終わった責任を取って、タウバッハの現国王が退位する
可能性についてはルチアもすでに知っていた。

退位するというより、世論が国王を許さず、退位させられるというのが正しい。

「……そなたの本当の主人はタウバッハ王太子なのか？」

「逆ですよ。名目上の主人が王太子殿下です。以前にもお話したでしょう。王太子殿下は視野の広い方です。双方の利益となる交易の再開を望んでおられるのです」

それでは名目上ではないほうの主人とは誰のことを指すのか。

「ヴォルフ……」

「両国の友好は、祖父の志であり、私が引き継ぎたい願いですから」

彼が三年で成し遂げたいのは、魔王国の外交上の不安要素を取り除くこと――という意味に聞こえるのは、ルチアの気のせいではないはずだ。

「わたくしと魔王国のため、なのか？」

「自分のためです。なにか貴女の隣にいるべき理由がほしいのです。……ただ愛しているからというだけではなく、周囲からも認められる正当性が」

「でも、わたくしはそなたがいてくれるだけでいい。昔も、今も、ずっと。そなたに恥ずかしくないようによき魔王になろうと思ったんだ……今だって、そなたがいてくれると頑張れる」

ヴォルフは小さく首を横に振る。

「もう会わないつもりでした。辺境伯になると約束したのに、叶わず……。昔と同じようにまっすぐで、立派な魔王になった貴女を恐れていたんです。もう一度、チャンスをいただけませんか？」

「手紙はくれるのだろうか？」

「もちろんです。それどころか休暇のたびにルチア様のところへ参ります。今度は、資格がないからと言って、逃げたりはいたしません」

「浮気はしないか？」

その一言で、ヴォルフが一気に不機嫌になる。

「当たり前です！」

「わかった。ならば待つ。……だが、三年だけだぞ。もし破ったら――」

「破ったら？」

十二年前、彼は確かにまた会いに来るという約束を違えた。立派な辺境伯になるという約束も違えた。けれどルチアのほうも次期魔王として正しくあることにこだわって、彼のその後を探ろうとはしなかった。

お互いに子供で、なんでも好き勝手にできる権利を持っていなかったのだ。

もちろん好きなことばかりをして過ごすのは、ただのろくでなしだ。

けれど今のルチアは、きちんと身分に伴う責任を果たせる大人である。責任を果たしているぶん、自由が増えた。

「人間の国に乗り込んで、そなたを攫うから！」

彼には人間としての生き方があるのだからと、自分の気持ちを告げる前からあきらめていたのが馬鹿らしくなる。

人間の国で生きるより、自分の隣にいるほうが幸せだと彼にわからせればいいだけだ。

「ルチア様らしい」

「……ハル……、ヴォルフ……」

昔の名で呼びかけると、気恥ずかしくて少し甘い。

目の前にいる青年は、ルチアの中ではもう〝ヴォルフ〟という名がふさわしい。

大きな手のひらが、そっとルチアの頰にあてられる。

「貴女に触れることをお許しいただけますか？」

「許す、愛しているから……すべてを許す」

一瞬、ヴォルフは驚いて、すぐに笑ってくれた。

すべてを許すと言った意味を理解してくれたのだろう。ルチアは今夜、本当にヴォルフと一つになりたいのだ。

しばらく会えないからという理由で、今この瞬間に求め合っている想いを封じ込める必要などどこにもない。

ルチアも手を伸ばして、彼の頰に触れる。頰の感触を確かめさらりと落ちてくる髪を撫でていた。

やがてどちらかともなく唇が重なった。

最初はただ相手の体温を確かめ合うだけの浅いものだった。

軽いキスは、ヴォルフの優しさが感じられる。彼がルチアを大切にしてくれているのが伝わった。

ルチアは自分も同じものを返せているか気にしながら、わずかに唇を開いて彼に続きをねだった。

ところがヴォルフは応えてくれない。チュ、と音を立てて離れ、角度を変えながら浅いキスが続けられた。

「……ふっ、ぁっ」

触れるだけのキスもルチアは好きだ。

けれど段々、それだけでは足りなくなっていく。焦らされているのだとわかっても、自ら求めてしまうのは慎みがない。戸惑いながら、彼女はゆっくりと舌先を伸ばした。

硬い歯の隙間から、奥のほうへと舌を突き出して、彼の舌と絡める。ピチャ、という濡れた音が漏れた。

早く来てほしい、という願望がルチアを突き動かす。深いところを探っていくと、やっとヴォルフが応えてくれる。

厚みのある舌がルチアのほうへと侵食し、ねっとりと絡みついた。

「ん……！」

水音が響いても、もう気にならない。これはルチアだけが望んだのではなく、ヴォルフも求めている証だった。

しばらく互いの口内を探り合っていると、すぐに先に進みたくなる。いつも堪え性がないのはルチアなのだと思い知らされてばかりだ。

「……ヴォルフ、足りないの……もっと」

きちんと言わないと続きはしない、と言わんばかりの意地の悪い顔をしていた。

「もっと……？」

「激しく、たくさん……ほかのところも」

「わがままな姫君だ」

ルチアは魔王で、人間の国では女王に相当する存在だ。

姫君という呼称はおかしかった。けれど、彼の言葉の意味はルチアにもわかった。

先日、「ずっと想う姫君がいた」と彼は言っていた。誰を指しての言葉だったのか、わからせるために使ったのだ。

「ふぅっ……あぁ！」

次に彼の唇が触れたのは、耳たぶだった。舌を這わされるとゾクリとして、甘噛みされると思わず身体が跳ねた。

同時に胸への愛撫がはじまった。薄い絹でできたナイトウェアの上から、突起の場所を探られていく。指が蠢くせいで、摩擦が起きてルチアの柔肌を刺激する。

あまり容易く感じてしまうのは嫌なのに胸の部分の皮膚は敏感だから、どうにもならなかった。

ヴォルフは手探りで突起の一つを見つけて、小さな動きで弄ぶ。

「ヴォル……強くしちゃ……やっ」

やがて胸の先端はぷっくらと立ち上がる。そうなってしまうと、わずかな衣擦れさえも我慢できなくなっていく。

彼から逃れようともがくが、逆効果だ。ルチアが暴れるとヴォルフがキュ、と強めに突起を抓んで、無理矢理動きを封じた。

「……フフッ。こちら側は勝手に喜んでますね」

なにもされていないはずの反対側の頂もすでに立ち上がっていた。彼に触れられるだけで全身が敏感になっていくのだから、ルチアのせいではなかった。

胸だけではなく、ルチアはさっきから身体の奥が熱くてどうしようもなかった。

きっといつものように勝手に蜜が溢れている。あとでそれも指摘されるのかもしれないと思うとせつなくなる。

「笑うなんて、無礼だ！」

強がりなルチアは、頬を膨らませて彼をにらんだ。

本当はこんな淫らな身体では、彼に嫌われてしまうのではないかと不安になりながら。

ヴォルフが特別だからこんなに乱れてしまうのだと言いたくても、彼以外との経験がないルチアには、それを証明できない。

「可愛い……もっと乱れてもいいんですよ」

ナイトウェアのボタンに手がかかる。ヴォルフは片手で器用に一つ一つボタンをはずし、ルチアの肌を露わにした。

残されたのは紐で結ばれた頼りない下着だけ。

「恥ずかしいから、そなたも脱いでくれないか？」

毎晩彼に奉仕させて、途中からは二人で心地よくなれる方法を実践していた。

裸など何度も見せているのに、今夜のルチアはいつもと違う気分だった。

きっと、彼が幼馴染みで初恋の少年だと認識してからはじめての行為だからだ。

ヴォルフは一度身を起こし、サッとシャツを脱ぎ捨てた。

薄暗い寝室には、壁際に一本だけロウソクの火が灯されている。橙色の弱い光に照らされて、鍛え上げられた騎士の身体が露わになる。

個性豊かな魔族の中には、人間的な基準で測って美しい者がたくさんいる。

ルチアのすぐ近くにいる者でも、先王は中性的で年齢不詳な美貌の持ち主だし、アッドロラータは女性らしさの中に野性的な魅力を兼ね備えた美女だ。

美しい者を見慣れているルチアだが、再会した瞬間、ヴォルフに目を奪われた。

「どこかおかしいですか？」

「綺麗だと思っただけだ」

「あぁ、ルチア様は私の見た目がお気に入りなのでしたね」

言いながら、ヴォルフは再びルチアに覆い被さった。胸のあたりを隠していた手をどかしてシーツに縫いつけるように拘束した。

「だめなのか……?」

「いいえ、私も美しいルチア様が好きですよ。ただ、それだけではなく意地っ張りだったり、素直だったり、しっかり者なのか抜けているのかわからないところも、全部です」

すべてが好きだと言われたのに、なぜかルチアは心から喜べなかった。

「ほめていない……」

「ルチア様は?」

「時々、意地悪をするところだけは嫌いだ」

ヴォルフがルチアを困らせるようなことばかりするから、素直になれないときがある。今がまさにそうだった。

「では、今夜はとびきり優しくしますから……お許しくださいルチア様」

首筋に軽くキスをしてから、ルチアへの奉仕が再開される。すぐに片方の胸の頂がパクリと食べられた。

「はぁっ、や……そこ、舐めないで」

腕がしっかりと固定されているせいで、身じろぎすら許されない。チュ、チュ、といやらしい音を立てながら、ヴォルフはふっくらと立ち上がった先端を転がすように舐めまわす。

しばらくするともう片方へ。さっきまで愛されていた胸は普段より色づいて、唾液で光っていた。

「恥ずかしい……。あぁっ、でも……気持ちいいの……！」

ルチアが素直になると、腕の拘束は解かれた。

大きな手のひらが、二つのふくらみを包み込む。両手と舌で不規則な刺激を与えられると、それだけで達するのではないかと不安になる。

「うぅ……、ヴォルフ。善い……ふっ、あぁ」

ヴォルフは時々、チクリと痛むほどきつく肌を吸い上げたり、胸の先端に歯を立てたりする。

ルチアは強めにされても感じてしまう。信頼している相手でなければ、ただ恐ろしいだけなのに、彼にされるとなにもかもが心地よい。

ヴォルフの愛撫がどんどんと下のほうへ移動する。腹やへその付近、そして下着の結び目がある腰骨のあたりにキスがされた。

ヴォルフが片側の紐を咥えて、ギュッと引っ張る。ルチアの頼りない下着はそれだけで簡単に取り払われた。

ルチアは脚に力を込める。

一緒に過ごした最初の晩、彼はルチアの秘部を見て、本当に成人しているのか疑った。

そういう種族なのだから仕方がないとしても、無毛のその場所をまじまじと見られるのには慣れそうもない。

「ルチア様、脚を開いてください。……今日は私を受け入れてくださるのでしょう？」

無理矢理開かせてくれたのなら、ルチアは抵抗しないつもりだった。

けれどヴォルフは、望みを態度で示してほしいと促す。受け身ではだめだと非難しているのだ。

「うぅ……」

ルチアはためらいながら、わずかに脚を開いてみる。

けれどヴォルフは動かないし、言葉も発さない。瞳が、それでは足りないという非難の色をはらんでいた。

ルチアは彼から視線を逸らし、膝を曲げて秘部がよく見えるように脚を開く。

「……」

ヴォルフはなにも言ってくれない。

無言は、はっきり指摘されるよりもずっと残酷だった。

ヴォルフの手が、ルチアの膝に添えられる。彼が段々近づいてくる気配を感じ、ルチアは恥ずかしさのあまり泣き出しそうになる。

「やっぱりやだ！　見ないで……」

もう一度脚に力を込めるが、今度はヴォルフがそれを阻む。片側の膝の裏に手が入り込み、腹につくくらい折り曲げられた。

ヴォルフは空いているほうの手をルチアの秘部に伸ばした。

媚肉を押しのけて、彼の指が一本、ルチアの蜜壺に入り込む。大量の蜜が助けとなりするりと奥まで呑み込まれていく。

「あぁ、もうグシャグシャだ……ほら、私の指をこんなに締めつけて。ルチア様は男を受け入れたことがないのに、喜ばせる方法はちゃんとわかっているんですよ」

感じやすいのは、ヴォルフのせいだ。彼がルチアにすべてを教え込んだせいで、こんなに敏感になってしまったのだ。

「ん……だって、――あぁ！」

節のある長い指が、ルチアの内壁の敏感な場所を見つけだす。指の腹の部分で強めに擦られると嬌声を抑えられない。

ルチアはまだ彼になにもしていないのに、これでは自分ばかりが感じていることになる。このまま続けられたら絶頂に至るのだろう。流されてただ受け入れるだけの存在に成り下がるのは嫌だった。

「ふっ、……あ、あっ、あぁっ。まって……わたくしも……わたくしも」

イヤイヤ、と首を横に振ると彼は一度指を引き抜いてくれた。

荒い呼吸を繰り返しながら、ルチアが半身を起こし、ヴォルフの肩を強く押す。それから彼の上に跨がる。

首や胸に唇を押しつけながら、下腹部に手を伸ばす。トラウザーズを無理矢理脱がせて、たくましい竿を取り出した。

彼の男根はしっかりと勃ち上がっている。そっと触れてみると、ビクン、と反応した。

大きく、長さもあり歪だ。美しいヴォルフに似つかわしくない代物だが、反応だけは可愛らしい。

ルチアはそれを握って、ゆっくり手を上下に動かした。

身体中にキスを降らせながら、彼の表情をうかがう。

わずかに頬が赤く染まり、息を吐く間隔が短くなっている。感じている証だった。けれどこの方法で彼が吐精まで至らないのは、経験でわかっていた。

「ヴォルフ、口に含んでみてもいいのだろうか？」

人間の国に比べ、性に対して奔放な傾向にある魔王国で暮らすルチアは、男性を喜ばせる方法を知っていた。

今までしなかったのは、ルチアは魔王で彼が奉仕する立場という建前があったせいだ。けれど彼が王配となる未来を考えてくれるのならば、寝室の中だけは対等な関係でもいいはず。

「そこまで求める気はなかったのですが……」

「口で、気持ちよくしたら喜んでくれるか？」

「……ええ」

何度か手で刺激を与えたあと、ルチアはヴォルフの男の象徴の先端にキスをした。

最初はペロペロと舌を這わせ、大きさを確かめる。それから一気に、膨らんだ部分を口に含んだ。

歯を立てないように気をつけようとすると、口を大きく開かなければならない。咥えるだけで精一杯だった。

「ふぁっ」

それでもルチアは意地になる。ヴォルフをもっと翻弄し、余裕を奪いたかった。

「無理をしないでください」

嘔吐かないようにしながら、頭を上下させてみる。

「ぁ……。……ふ……っ、ルチア様……すごく……ぁっ」

咥えているものを離さないように注意しながら、彼の様子を覗き見る。ヴォルフはそれに気がつくとルチアの頭を撫でて、上手くできているのだと伝えてくれる。

ルチアは歓喜して、もっと善くしようと必死になった。

やがてヴォルフの声が艶っぽくなる。頭に添えられた手が、もっと速く、もっと深くとルチアを急かす。普段のヴォルフならありえないくらい相手に対する配慮がおざなりになっている。

自分がしている口淫が、彼を獣に変えているのだと思うと苦しさなど感じなかった。

「……くっ、ルチア様……」

突然、男根がずるりと引き抜かれた。

「ヴォルフ?」

もう少しで彼を達かせることができたのではないか?　――ルチアは彼の行動が不満

だった。

彼はハァ、ハァ、と息を荒くし、力任せにルチアを押し倒す。抵抗する間を与えず、内股に舌を這わせはじめた。

「……っ、ほら。ここまで濡れていますよ……」

ヴォルフはルチアがどれだけ感じているのかを教えようとする。

内股から恥毛の生えていない花園の周囲まで、蜜で光っている部分ばかりにキスをして、舐め取った。

やがて花びらをかき分けながら中心へ――。彼の舌が丁寧にルチアを愛していく。

「やっ！　……あぁっ、ん」

予告なく花芽を弄られて、ルチアは思いっきり身体を仰け反らせた。するりと伸びてきた指先が、内壁の浅い部分の感触を確かめたあと、一気に奥まで差し込まれる。

先ほども指での愛撫を受け入れていたその場所は、すぐに快楽だけを拾いはじめた。

「ヴォルフ！　激しくしないで……それでは、わたくし……すぐ……」

花芽はルチアの中で一番繊細な場所だった。

舌でこねまわされて、硬くなった芯が剝き出しになる。その上をざらりとした触感の舌が這い、軽く押しつぶされると猛烈な嵐に翻弄されているような気分になる。

内壁を弄る指が加わると、もう逃げ場などどこにもなかった。

「いいから」

「ヴォルフ……、ヴォルフ……！　だめ、一人では」

このままでは一人で果ててしまう。それはとても恥ずかしいことだというのに、身体はルチアの思いどおりにはならない。

膝がガクガクと震え、自分の身体を支えるのも辛かった。それなのに時々身体が勝手に浮き上がり、恥ずかしい場所をヴォルフに押しつけるような真似までしてしまう。

「やだ……このまま達くの、や、なの……」

「達っていいですよ……」

グッ、と指が二本に増やされた。

圧迫感があったのは一瞬だけだった。ヴォルフがめちゃくちゃに動かすと、卑猥な水音が鳴り響く。

かき出された蜜がシーツを濡らした。

「ヴォルフ……だめっ、太いの……あぁ！」

痛みはないが、内壁を擦られる感覚が、何倍にも跳ね上がり恐ろしかった。

「ほら、……中だけで達けそうですか？」

花芽への愛撫は続けてもらえず、代わりに膣に突き立てられた指の動きが激しさを増す。

「わか……ない。わからない……あぁっ、だめ――っ！」

花芽ほどわかりやすい快楽は得られない。それでもなにをしても戻ってこられないほどすべてが限界だった。

「うっ、あぁ……、あっ、あぁっ！」

気づいたら達していて、どうにもならなかった。ビクン、ビクン、と身が震えて、受け入れている指を締めつけた。

ドッ、と汗が噴き出して、涙が零れる。波がなかなか引いてくれずに、ルチアはシーツをたぐり寄せて、強く摑み必死に耐えた。

「……こんな、の……だめ……」

気持ちがよすぎて、意識を失いそうだった。半分夢を見ている気分になりながら、ルチアは時が過ぎるのを待つ。

やがて強ばりが解けるのと同時に、ヴォルフが指を引き抜いた。

ルチアはくたりとシーツに沈み込んだまま、荒くなった呼吸を必死に整える。

「……ルチア様、愛しています」

それは今から身体を繋げるという宣言と同義だ。

「わたくしも、ずっとそなただけだ」

ヴォルフはルチアの額にキスをしてから、蜜口に猛々しい男根を宛がった。

浅い部分の感触を確かめてから、グッ、とルチアに身を寄せた。

「申し訳ありません」

どうして謝る必要があるのだろうか。ルチアがたずねようとした瞬間、ヴォルフが一気に押し入ってきた。

「――う、うっ！　……あ、ヴォルフ……！」

油断すると、やめてほしいと訴えてしまいそうだった。

先ほどまで指を二本受け入れていたのにもかかわらず、ルチアの身体はたくましいヴォルフと繋がるには華奢すぎた。

「……い、たいの……ヴォルフ。怖い……。うっ、……あぁっ」

隘路が無理矢理押し広げられ、裂けそうだった。

下腹部に視線をやると、彼の剛直はまだ半分も入っていないのだとわかり、ルチアは戦慄した。

「……くっ、力を……抜いて。でないと余計に……」

「わたくし、わからない……ヴォルフ。たすけ、て……」

ヴォルフが額に汗を滲ませ、苦しそうに眉間にしわを寄せている。

彼のために受け入れたいと願っているのに、ルチアの全身は勝手に強ばり、どうすれば彼の言うとおりにできるのかがわからない。

「ルチア様……、大丈夫ですから」

そのとき、ヴォルフの顔が近づいてきて、ルチアに唇を寄せた。

シーツを掴んでいた手に、大きく温かい手が重なり、指の強ばりを一本ずつ解こうとしてくれる。

ルチアは甘いキスを受け入れながら、彼の求めに応じて、シーツではなく彼の手を握った。

「……っ、……ん」

それで少しだけ緊張が解けると、ヴォルフがそのまま繋がりを深くし、やがて彼の熱杭は最奥まで達した。

動かずにいてくれるのならば、痛まない。けれど圧迫感と異物感はどうにもならなかった。ルチアは言葉を封じてほしくて、ひたすらキスをねだった。

やがてゆっくりとした抽挿がはじまる。

指では届かなかった場所を男根の先端が擦りあげる。最初は違和感しかなく、これがいずれ心地よくなるという未来がまったく見えなかった。

それでも多幸感はあって、だからこそ耐えられるのだ。

徐々に速くなる動きに邪魔されて唇が離れてしまう。するとヴォルフは半身を起こし、結合部の少し上に手を滑らせた。

「……ふっ、あぁ……ん……あ、あぁっ」

小刻みな律動と一緒に、敏感な花芽が愛されていく。

痛く苦しいのに、同時に快楽も得ている。いくつもの感覚が同時に襲ってきて、ルチアはどうにかなってしまいそうだった。

「声が、甘くなった……善い、みたいですね……ここは？」

「はっ、あぁっ！」

ヴォルフが挿入の角度をわずかに変えた。

今までの夜伽で彼はルチアの敏感な場所をすべて暴いている。以前から指で探られると心地よかった部分に剛直が押し当てられ、ルチアは大きく背中を反らし、歓喜を伝えた。

「善いのですね……？」

「わ……わから……ない。苦しいのに……あぁっ！　なにか……」

奥にグッと押し込まれるたびに、ふんわりとした快楽の芽が生まれた。

徐々に異物感よりも、心地よさの度合いが高くなる。先ほど純潔を散らしたばかりなのに、ルチアはもう繋がる行為を喜ぶ身体になっている。

ヴォルフの表情が変わった。ニヤリと口の端をつり上げて、優しいだけの彼ではなくなった。

「あぁっ！」

花芽が強く抓まれた。そこに触れられながら中を穿たれると、瞼の裏がチカチカと光って、意識が飛びそうになる。

「ヴォルフ、……ヴォルフ……！　あぁっ」

怖いくらいに感じてしまうのは、相手がヴォルフだからだと信じたかった。

ルチアは何度も彼の名を呼んで、誰に抱かれているのかを確かめた。

「可愛い……、淫らなルチア様……」

「やぁっ、だって……ヴォルフが……あ、あ。あぁん」

結合部からは大量の蜜が溢れ出る。彼が奥に進むたび、クチュ、クチュ、という音が寝室に響き渡った。

「ほら、もっと……ここが善いのでしょう？」

つい先ほどまでの優しいヴォルフが嘘のように消えて、今はルチアを快楽の淵に落とそうとする獣しか残されていなかった。

敏感な内壁を擦られる刺激に慣れるにはほど遠い。苦しさが消えたわけではなかった。けれどそれよりも強い、無理矢理高みに導かれるような圧倒的な快楽を、ヴォルフは与えてくれた。

「ううっ、だめ……！　わたくし……達きそ……あっ」

身体が熱く、汗が滲んだ。

ルチアはヴォルフのほうへ手を伸ばして、来てほしいと促した。抱きしめてもらわないと、本当にどこかへ飛んでいってしまいそうで不安だったのだ。

彼はすぐに身を寄せてくれる。

耳たぶや首筋に労るようなキスを降らせながら、腰だけは別の生き物のように激しくルチアの奥を穿ち続ける。

ルチアは彼の背中に手をまわし、しっかりと抱きつきながら意識を繋ぎ止めていた。

「ヴォルフ、あぁぁ――！」

先に絶頂に至ったのはルチアだった。咥え込んでいる剛直をヒク、ヒク、と締めつけて

彼に歓喜を伝えた。

「ルチア様……」

本当の交わりで得られる快感は、今までの何倍にもなってルチアを乱した。

いつまで経っても余韻が収まらず、身体の強ばりも取れなかった。

けれどヴォルフはルチアが完全に落ち着くまで待ってくれなかった。ゆっくりとした動きではあるものの、抽挿を再開させた。

「だめ、……まって！　……わたくし……、壊れちゃう」

せっかく終息へと向かっていた昂りに、再び火が灯る。

先ほどより穏やかな動きでも、達したばかりのルチアにはすぎた刺激だった。

「あと少しだけ……くっ、あまり締めつけないでください……」

息が上がり、汗ばんだ肌に髪が張りつく。

締めつけるなと言われても、ルチアの膣は勝手に収斂して、受け入れている剛直を扱く。

急かすように求めて、ヴォルフの子種をほしがっているみたいだった。

「だって……ヴォルフが激しくす……あっ！　やっ……本当に……」

「感じて、いるでしょう？　それに……ルチア様は抗う力を……」

彼のすることを止めようと思えば、ルチアにはその力がある。何度もそう言ってきたのはほかならぬ彼女自身だ。

以前は話半分に聞き流していた様子のヴォルフだが、今日、ルチアは自分の強さを証明してしまった。

だから尚のこと、言葉だけの拒絶は欲している意味になってしまう。

「だって……、だってわたくしはヴォルフを――、あぁっ！」

好きだからかすり傷でも与えたくない。それから気持ちよくなってもらいたい。そんな想いで彼のすることに本気で抗うことはできないだけだ。

「ならば、少しだけ、あと少しだけ……強くしてもいいですか？」

「……えっ。……あぁ、嘘……ひっ、あぁ」

同意する前に、ヴォルフが激しく腰を打ちつけてくる。

先ほどルチアを絶頂まで導いたよりもさらに強く、彼女の中で剛直が暴れた。

ヴォルフの額から汗が噴き出し、ルチアの肌にポツリと落ちる。

「あ、……達く、の……また。一人は嫌なの……ヴォルフッ」

「まだだめです。我慢して――ぁっ、……はぁ」

やりすごす方法などルチアは知らない。

ヴォルフはルチアを淫らな身体にした張本人のくせに、我慢の方法は教えてくれなかった。

「無理……！　ん、んん――っ！」

あまりにも激しい動きに耐えきれず、ルチアはまた絶頂に至った。

一度目よりも二度目が、そして二度目よりも三度目の波のほうが大きく果てがなかった。

「すごい……締めつけて……ぁっ……私も」

「あぁ、来て……早く、お願い……」

締めつけを増したルチアの中をヴォルフの剛直が穿つ。限界まで引き抜いては最奥まで一気に貫く動きを数回繰り返した。

ルチアはもうなにをされているのかもよくわからなくなっていた。

「くっ」

低く呻いたあと、ヴォルフは男根を最奥の壁に押し当て、そこに留まった。

ドクン、と熱いものが中に放たれたのがルチアにもわかった。

ヴォルフはせつない表情を浮かべながら、何度も身を震わせていた。そのたびにルチアは、受け入れた精が膣の中に広がっていくのを感じた。

「……ハァ、ハァ、……どうにかなってしまいそうです」

「わたくしも……」

繋がったまま唇が重なる。

ただ気持ちがいいだけではなく、怖いくらいに幸せでルチアは本気で泣いてしまった。

魔王である彼女には、涙はふさわしくない。けれど伴侶だと定めたヴォルフと二人きりなのだから、ただのルチアでもきっと許される。

ヴォルフはルチアの涙を舐め取って、額や頬にもキスをしてくれた。

彼のキスはいつまでも終わらない。耳たぶ、首筋、とルチアの弱い場所に再び触れはじめた。

ルチアはキスが好きだった。けれど今夜は何度も達したせいで身体が敏感になりすぎている。交わりのあとの戯れにしては、少々激しすぎた。

「胸は嫌……感じて……しま――やぁ……ん！」

二人の繋がりはまだ解かれていない。

わずかな愛撫だけで、膣がビクン、と反応してしまう。あまりの恥ずかしさに耐えきれず、ルチアは大声を出して彼に抗議した。

「あとどれくらいおそばにいられるかわからないので」

だから今夜は一度では終わらない、という意味だろう。

彼がタウバッハに戻ることを認めたルチアだが、だからこそ、残された貴重な時間を大切にしたいという想いはある。

彼も同じでいてくれるのは嬉しいはずなのに、はじめての夜から何度も求められるとかなり不安だ。

「だからってわたくしは……はじめてで」

「ルチア様は魔王としての義務や責任を優先してしまうので、不安なんです。それに……快楽に弱すぎますから……」

ヴォルフが、離れている期間ルチアがほかの男を侍らせるのではないかと疑っている。

そもそも出会ったその日に夜伽を命じ、気が向いたらほかの男も寝室に招くと言ったのはルチアだ。

魔王国の貞操観念がタウバッハとは大きく異なるのも、彼がルチアを信用しない理由になっている。

「わたくしは浮気などしない！」

結婚適齢期になってもルチアが王配を選ばなかったのは、幼馴染みの少年が忘れられなかったせいだ。

今も昔も、好きになるのはハル――ヴォルフだけなのに、とルチアは嘆く。

「一緒にいられるうちに徹底的に私を刻みつけておかないと」

ヴォルフはずるりと男根を引き抜いた。

少し遅れて中からドロリとしたものが溢れ、ルチアの内股やシーツを汚した。

「ほら、純潔の証が……」

シーツに広がるシミの大半はヴォルフの精だ。けれど真っ白ではなく薄紅色をしている。

破瓜の血が混ざっていたのだ。

「処女だったのに……とても気持ちよさそうでしたから……」

「それは、そなたがわたくしをそんなふうにしたからだ！」

「貴女が命じたのでしょう？　もっと貴女を感じたい……だめですか？」

そう言われてしまうと、ルチアは言い返せなかった。

少し前に風呂でしたときからそうだった。彼は一度吐精しただけでは満足できない体質らしい。

（絶倫……というやつなのか……）

見た目は誠実そうで、普段は忠犬のくせに、閨事の最中は別人だった。

けれど結局、ルチアは彼の〝お願い〟には弱かった。コクン、と小さく頷いて二度目の交わりを了承した。

頬をほんのり赤く染め、心からの笑みを向けてくる彼に油断しているあいだに、ぐるりとひっくり返される。

「……な、なにを」

ルチアはいつの間にか寝台の上でうつ伏せになっていた。

腰骨のあたりをしっかりと支えられて、臀部だけを突き出す格好を取らされた。

まだ残滓の処理すら終わっていない状況にも関わらず、彼はきっとまじまじとルチアの恥ずべき部分を見つめているのだろう。

「ヴォル――あぁっ！」

予告なく剛直が入ってくる。

ズブリ、と音を立てて押し出されたまだ温かい精が太ももを伝う。

「さっきと……違う。うぅ……、ん、んんっ」

後ろからの交わりは、先ほどあまり触れられていなかった場所に強い刺激をもたらした。

抽挿を繰り返すたび、中に入っていた粘り気のある精が押し出され、音を立てる。

彼が奥まで進むと柔らかいルチアの臀部に肌がぶつかり、パン、パンと鳴った。

こぼれ落ちた残滓のにおいがわずかに感じられる。

彼が見えないからこそ、視覚以外の感覚がルチアが今どんな交わりをしているかをつぶさに教えてくれた。

「う……、あっ、……はぁっ、はっ、ん」

必死に枕をたぐり寄せて、ルチアはそれに縋った。

なにかを抱きしめていないと不安で仕方がないのだ。

「ルチア様……気持ちがいい……ですか？」

「――んっ、善い……けど。怖いの……ヴォルフの、顔……見え……」

慎ましくいたいのに、ヴォルフにされるとなにもかもが善くなってしまうのは、もう認めるしかなかった。けれどこの体勢は一方的すぎて恐ろしかった。

「また可愛いことを。ほら、胸……好きでしょう？　我慢して」

ヴォルフは折り重なるような体勢を取り、背後からルチアの胸に触れた。

その瞬間、一気に快感が押し寄せてルチアの理性を完全に壊した。

「我慢、できない……、両方……無理なの！　すぐにまた……」

絶頂に至りそうだと教えると、ヴォルフは待ってくれるどころかより激しくルチアを攻め立てた。

「あ、あぁ、達く、達っちゃ……んん――っ！」

激しく達したルチアは、力を失って寝台に崩れ落ちた。

けれどヴォルフは許してくれない。ルチアの太ももにがっちりと腕をまわし、片方だけ大きく持ち上げた。

無理矢理横を向かされた状態で、すぐに抽挿が再開される。

「――――！　なに……、深い、の。奥が……だめなのに……！」

その体勢は、今までで一番彼の剛直が深くまで届いた。奥の壁を押される未知の刺激のせいでルチアは呼吸もままならない。

「善い、の間違いでしょう……？　またすぐに達きそうな顔をして……っ」

やっと彼の顔が見えた。ヴォルフにも余裕などなく、同じように堕ちてしまったのだと知ると、ルチアは正直になれた。

「ヴォルフ……一緒に。お願い……一緒がいいの……」

彼が一緒に溺れてくれるのなら、今晩だけはどうなってもかまわない。どこまでも快楽を貪る獣でいいのだと思えた。

「ええ……ルチア様、愛しています」

「わたくしも、愛しているの……ヴォルフだけ……あぁっ！」

ヴォルフが一切の手加減なしで吐精に向けて腰を打ちつけてくる。

ルチアはもうずっと気持ちよくて、いつ達しているのかもわからなくなっていた。

彼の動きがピタリと止まり、再び精が吐き出される。ルチアはその衝撃で同時に達し、そのまま意識を手放した。

◇　◇　◇

しばらくして、タウバッハの王太子から魔王宛に親書が届いた。

内容は『魔王国の反乱分子にアークライト辺境伯が結びつき、両国の和平に亀裂を生じさせようとした事件』についてだ。

「親書が王太子殿下の名で出されたのであれば、国王陛下は責任を取って、退位の方向で動かざるを得なくなったと判断していいでしょう」

親書の内容をかいつまんでヴォルフに聞かせると、彼はそう見解を述べた。

国主であるルチアに対し、国王より格下の王太子から親書が送られてきた。

魔王国を格下と見ているのでないとすれば、タウバッハの国王が現在公務を行えない状況にあるという意味になる。

「わたくしもそう思う。……だが、タウバッハの王太子は食えない男のようだ」

ルチアも想定済みだったが、タウバッハは国王の関与を認めてはいない。

あくまでアークライト辺境伯の独断であり、両国のそれぞれの反乱分子が関わった事件であるという立場だ。

タウバッハ王太子は、魔王国との争いを望まないという態度を示すのと同時に、この件に関しての賠償責任を負う気はないと開き直っているのだ。

「油断ならない相手であるというルチア様の認識は正しいです。ですが、とても合理的な考えのお方ですから、両国の友好がタウバッハの利益であるうちは、信頼できると思います」

「まぁ、実際にこちらは魔王一族が関わっていたのだから文句は言えない」

もし前回の戦で勝ち取った賠償金を上乗せできれば、国は潤うかもしれない。

けれどタウバッハを無意味に弱体化させるのも悪手だった。情勢不安に陥った国が、また魔王国の特産品を狙い、戦を起こそうとする可能性があるからだ。

「そうですね。……フェロルディ殿が辺境伯と接触しなければ、そもそも計画そのものがなかったのですから」

結果として辺境伯が加担したが、主犯はジルド・フェロルディであり、つまり魔王国の内政問題という認識はルチアも認めなければならない。

「ジルドか……。わたくしは今回の件で、魔王の正当性について考えさせられた」

先読みの力は万能ではなく、今の魔王国において、君主の絶対条件ではないというジルドの主張は、きっと正しい。

「自信をなくされてしまったのですか？」

「いいや。自分のほうがもっとよき国主になれると考える者は、魔王国に限らず、どの国のどの時代にも現れる可能性がある。今後もわたくしから魔王の地位を奪おうとするものは現れるかもしれない」

実際に、魔王を含め王族という存在は絶対的な者ではないのだ。

ここ百年の周辺諸国の歴史をみても、国のかたちも、統治者も、常に変わっている。

「そのとき、ルチア様はどうされるのですか？」

「きっと対策などない。……普段からできるだけよき魔王でいるしかないのだろう。次に現れる簒奪者の前でも、わたくしは胸を張って正当性を主張するつもりだ」

「そういえば、結局私には魔王の魔王たる資格がなんなのか、わからないままでした。ルチア様がお強いのはさすがに認めますが……」

事件のあと、ヴォルフに魔王一族の能力について話すべきだとルチアは思っていた。

今日はちょうどいい機会になるだろう。

「そなたは唯一の王配候補で、わたくしの婚約者――そうだな？」

ヴォルフをまっすぐに見据えて、ルチアは問いただす。

それが敵に知られてはならない魔王の秘密を彼に教える条件だ。

「はい、ルチア様」

「ならばついてくるがいい」

ルチアがヴォルフの手を引いて、執務室を出た。

彼を伴って城内のほぼ中央にある〝水鏡の間〟に辿り着く。

重々しい扉を開くと、草木の香りが鼻腔をくすぐる。

「美しい場所ですね……。そんなに広くはないはずなのに、深い森の中……清涼な大気で満たされている気がします」

「特別な場所なんだ。ここに立ち入れるのは、魔王一族だけ。そなたはわたくしの伴侶となるのだから、例外だ」

ヴォルフは無言で深く頷いた。

ルチアは泉の手前でヴォルフを待たせ、飛び石の上を歩き石舞台まで進んだ。

それから魔力を使って、泉の水を浮き上がらせてみせた。ヴォルフからは噴水のように見えていることだろう。

ただ水を制御してみせただけで、先読みはしていない。もともと本人にしか見えないものだから、意味がないのだ。

ルチアはしばらくして水をもとに戻した。

「わたくしはこの場所で国の未来を見る……占うのではなく、見る」

ルチアはヴォルフの待つ場所まで戻ってから、先読みについて詳しく聞かせた。

主な魔王の職務が、国境の様子の確認と災害についての予測であること。

それからこの力が穴だらけであり、代替えの利かない絶対的なものではないということだ。

「わたくしは旧道から敵が侵入してくるという可能性を、考えていなかった。だから、ヴォルフがたまたま行方不明になって、捜索のための先読みをしなければかなり危険だった」

ヴォルフがオルトスに託した手紙をルチアが受け取った時点で、対処をはじめていた場合、どうなっていただろうか。

タウバッハの騎士たちへの対処はギリギリ間に合った可能性が高い。

けれど、ジルドの計画ではあくまで彼らは捨て駒だ。ルチアはジルドの手の者によって暗殺されていたかもしれない。

そして間違いなくヴォルフを失っていた。

「魔王国の危機を知らせてくれた者を、死なせてしまうところだった」

「……なるほど。貴女によって救われたのならば、私の命はすでにルチア様のものなのでしょう」

「そう、だろうか」

「少なくとも、心は十二年前から貴女のものですが」

「一つ、謝らなければならない」

「ルチア様が私に？」

「ああ。……じつは行方不明になる以前から、間者か暗殺者かと疑ってそなたのことを何度も先読みしていたんだ」

先読みは、覗き見と同じだ。ヴォルフを疑っていたことも、無許可で彼の未来を見たのも、大切な相手にするべき行為ではなかった。

卑怯者になりたくないルチアは、すべてを正直に打ち明けた。

「それは仕方がありません。王太子殿下の意を汲んで秘密裏に動いていたという時点で、私が間者であるという認識は間違っていません。ですが、わかりません……もし私の未来を見たのなら、貴女に敵対する者ではないと見抜けそうですが」

ヴォルフが首を傾げる。

ルチアは痛いところを突かれてしまい、冷や汗を滲ませた。

間者や暗殺者の疑いを調査するために魔力を使ったのに、結局ヴォルフの正体がわからないままだったのは、魔王としてかなりまぬけだった。

「うぅ！　そなたのことだけ正確に見えなかったのだ。理由はわかっている。そなたがハルで、わたくしはずっとそなたを特別に想っていたから。……肉親や伴侶の未来はよく見えないんだ」

「では私は貴女の運命の伴侶だったのでしょう」

最初から結ばれることが運命だった二人――そんなふうに彼は言う。

「……逆だと思う、たぶん」

ルチアにも本当のところはわからない。

けれど、運命ではなくすべては自分の選択の積み重ねだったと信じたかった。

特別に想い、ずっと一緒にいたいと望んだ瞬間から正確な先読みができなくなった。そう考えるほうがルチアらしい。

「ヴォルフ、親書には続きがある」

親書には、最後に大切な用件が書かれていた。

「タウバッハの王太子はそなたを帰国させてほしいと言っている。……アークライト辺境伯の爵位を剝奪し、正当なる先代辺境伯の後継者ヴォルフ・ハルトヴィン・アークライトに爵位を戻すつもりだという」

帰国はヴォルフの願いでもある。

ヴォルフの真の目的は、魔王とタウバッハ王太子を取り持つこと。そして、もう一度両国のあいだに亀裂が生じそうになった場合、阻止することだった。

しっかりと役目を果たし、魔王国の窮地を救ったのだから彼の希望は叶えられる。

タウバッハ国王の退位が現実味を帯び、王太子が実権を握りつつある今の状況なら、ヴォルフがここに留まり続ける理由はない。

「ルチア様、私が成し遂げたいことに爵位は必要となるでしょう。もし王太子殿下から要請があれば、私は今度こそ祖父の後継者となります」

「そうか……」

ルチアは不安だった。辺境伯となったヴォルフは、魔王国に永住できるのだろうか？

「――絶対に、貴女のところへ戻ります」

ヴォルフはルチアの正面に跪き、手を取った。そしてゆっくりとルチアの手の甲を唇に近づけた。

「……魔王国の安寧のため、そなたは役割を果たせ。そして今度こそ、約束を……約束……三年しか、待たない……だから。帰ってきて……わたくしのところに」

途中から涙が滲み、声を詰まらせてしまう。

するとヴォルフがすぐに立ち上がり、ルチアを強く抱きしめてくれた。

ルチアは離れているあいだ、このぬくもりを覚えておきたくて、彼の腕に包まれてしばらく泣いていた。

◇　◇　◇

それからのヴォルフは、ルチアの言葉どおり、両国の友好に全力を注いだ。

タウバッハは新国王が即位し、彼の強い主張により、魔王国との交易の再開について両国間での協議がはじまった。

騎士と辺境伯という二つの肩書きを持つヴォルフは、調整役としてその手腕を発揮した。

けれど道程は、簡単ではなかった。

いくら新国王個人が魔族に対する偏見を持っていなかったとしても、実際に両国を行き来するのは国に仕える文官や、タウバッハの常識が染みついた商人だ。

魔王国としても、交易相手が広がることについては利益があるものの、二度も攻め入ろうとした国に対する心証は悪く、破談になる危機が何度もあった。

――そして約三年後。魔王城の玉座の間には、タウバッハ国王から全権を委任されたヴォルフがいた。

薄い布で覆われた玉座から、彼を見下ろすのも三年前とほぼ変わらない。

ヴォルフは相変わらず真っ白な騎士の隊服を身につけている。以前よりも階級が上がり、装飾が華やかになっている。

「やっぱり、ヴォルフには隊服がよく似合うな……」

「ゴホンッ！　……今のあの方はタウバッハ国王名代ですよ」

ルチアが小声で本音を漏らすと、そばに控えるアッドロラータの小言が飛んできた。

この日は、両国の友好や交易に関するいくつかの条約が締結される大切な日だった。調印のための行事の最中に、見とれている場合ではないと言いたいのだろう。

「本日、魔王国と我が国の友好関係が大きく前進いたしました。魔王陛下のお力添えに心より感謝申し上げます」

ヴォルフの凛とした声が響く。

「わたくしは貴国との条約が結ばれたことを歓迎する」

以前とは違い、ルチアはタウバッハの大使に直接言葉をかけた。

対応を変えた理由は三つある。

一つ目は、大使がよく知っているヴォルフだから、アッドロラータを介する意味がないこと。

二つ目は、タウバッハの人間たちは魔王が若い女性であるとすでに知っているため、今さら隠しても意味はないということ。

そして最後に、以前と対応を変えて、魔王としての両国の関係改善を歓迎している意思を示すという三つだ。

決してへりくだらずに友好は示す。微妙な舵取りが必要だった。

最初は大使がヴォルフならば、玉座を覆う布を取り払ってもいいとルチアは考えていた。けれどアッドロラータとヴォルフ本人に止められた。

謁見の間にはヴォルフ以外の人間もいる。

ヴォルフは「ルチア様は普通の人間なら一目見ただけで心奪われるくらい美しいのだから、絶対に姿を見せてはなりません」と強く主張した。

さすがにそれは大げさだとアッドロラータはあきれていた。

ヴォルフの正装をもっとはっきりと見たいのに、とルチアは不満だった。

「ところでヴォルフ・ハルトヴィン・アークライト殿。レーヴェン子爵家の次男――そなたの義兄を後継指名したというのは誠か？」

「はい、二国間の和平が揺るぎないものになり次第、信頼できる者に辺境伯の地位を譲るつもりでおりました。我が義兄は文官としてとても優秀で温和な人物ですから、友好国との国境を管理する者としてふさわしいはずです」

ヴォルフはルチアとの約束を守るつもりでいるのだ。

養子先のレーヴェン子爵家はヴォルフの母方の親類だ。辺境伯爵家とは血筋では繋がっていないのだから、本来ならアークライト辺境伯爵家を義兄が継ぐことはできない。

手続き上ではヴォルフが爵位を完全に返上し、国王が新たにレーヴェン家の次男を辺境伯に任命したというかたちだ。

「友好国、か……。国と国の絆とは、脆いものだ」

フゥ、とわざとらしくため息をつく。

「私も同意見です、魔王陛下」

「なにか友好の象徴となるものがあればいいのだが……」

ルチアはヴォルフがなんと答えるのか知っている。なにせ彼はこの三年間、職務と休暇の両方で、何度も魔王城を訪れているのだ。

今回の謁見で話し合われる内容は、すべて擦り合わせ済みだった。

「僭越ながら、魔王陛下は独身であらせられる。王配を我が国の貴族から迎え入れてはいかがでしょうか?」

「ほう……。ならば、タウバッハ国王の右腕で、新辺境伯の義弟——そなたのような見目麗しい男ならば王配にしてやってもよいぞ」

三年前、ヴォルフに言い放った言葉をなぞり、ルチアは胸を張って宣言をした。

「──ルチア様、このやり取り面倒なのですが、まだ続けますか？」

ヴォルフが答える前に、そばに控えている女官が邪魔をする。

「う……うるさいぞ、アッドロラータ」

護衛として壁際に控えていたダレッシオ将軍が口もとを押さえながら下を向く。

笑いをこらえるのに必死なのだろう。

釣られるようにタウバッハから随行している文官や騎士たちも、口の端をピクピクと痙攣させている。

「おとうさま、おかあさま──っ！」

そのとき、大きな扉が開かれた。真っ白な塊がものすごい速さでヴォルフに近づき、急に止まる。

馬くらいの大きさの巨大な魔犬オルトスだった。

オルトスの背中には小さな男の子がしがみついていた。ルチアの子で、二歳になる魔王国の第一王子だ。

銀糸を青で染めた色合いの髪に深い青色の瞳は魔王一族の証である。けれど顔立ちは、ヴォルフ──ハルとよく似ていた。

ヴォルフ・ハルトヴィン・アークライトが実質的な王配であり、三年間通い婚状態だったのは、この場に集まる皆が知っていた。

どこからか「面倒なお二人がようやく」という声が聞こえている。

「王子よ、お父様とお母様は大切な仕事中だぞ」

ルチアが諭しても、一緒に暮らしていない父が久々にやってきたのだ。幼い子供にはすぐに会ってはいけない理由がわからない。

前回、最終的な打ち合わせのためにヴォルフが魔王城を訪れたのは一ヵ月前だ。

大人にとっては短くても、二歳の子供には長く感じられるものなのだろう。

王子は、ヴォルフに会いたい一心で周りが見えていなかった。オルトスから飛び降りようと試みる。

ルチアは思わず立ち上がり、布を押しのけて王子に駆け寄った。

幸いにして、ヴォルフが王子をしっかりと受け止めてくれた。

「なりませんよ、王子。オルトスから下りるときは、伏せてほしいとお願いしてからでしょう?」

たしなめるときも、ヴォルフは優しい。怒るのはいつもルチアの役目で、彼女としては腑に落ちない。

すっかり子守役になってしまったオルトスが、同意の意味で「キュゥ」と啼いた。

「ごめんなさい、もうしません」

結局、ルチアは皆の前に出てきてしまった。魔王の威厳が台無しである。

小さな侵入者のせいで、この場の雰囲気は厳粛なものとは言えなくなった。けれど、どちらの国に属する者も笑みを浮かべている。

「さて、ヴォルフ。先ほどの答えを聞いていない」

「今日この瞬間より、私は王配となり、貴女と愛おしい我が子のそばを離れないと誓います」

答えを聞いたルチアは、この場に集まった皆のほうへと向き直る。

「この婚姻は、両国の絆をさらに深めるものとなるだろう。――この子が大人になり、魔王となるときも……両国の者たちが今日のように笑ってくれることをわたくしは願っている」

ルチアが高らかに宣言をすると、謁見の間にいた者たちが盛大な拍手で讃えた。

おわり

あとがき

この度は、『女魔王ですが、生贄はせめてイケメンにしてください』をお読みくださり、ありがとうございました。

昨年十二月に受賞作を出版させていただいて、ムーンドロップス様からは二作目となる本作は、なんと書き下ろしです！　じつは、紙書籍で書き下ろしをさせていただくのは初めてで、とても気合いを入れて書き上げました。

本作のお話のテーマは、「どちらに主導権があるのか、よくわからない」……です！

ヒロイン・ルチアは、魔族を統べる新米魔王様ですが、ややポンコツ。ヒーローのヴォルフは美青年だからという理由で、男妾に選ばれてしまった不憫（?）な青年騎士です。けれど彼は、忠犬に見せかけて、ルチアを翻弄しまくる人だった……という設定です。いろいろと命じて、女魔王の威厳を守るために奮闘するルチア。けれど必ずしも主導権が彼女にあるとは限らない――という部分を楽しんでいただけたらいいなぁと考えております。

それから可愛いモフモフが登場します。ヒーローはなんちゃって忠犬な部分もありますが、魔犬オルトス殿は、真の忠犬です。モフモフも併せてお楽しみください。

　本作も基本的にラブコメで書かせていただいております！　明るく楽しく、たぶん純愛で私らしいお話になっているかな、と思っております。

　そしてイラストは、堤先生が担当してくださいました。透明感があって繊細でとっても可愛いヒロインと、キラキラしているイケメンヒーローです！

　今回、ヒロインのルチアはファンタジーな青い髪をしています。現実ではありえない髪の色のヒロインを作中に出してみたかったので、願いが叶い、さらにイラストにもしてもらえて、とても嬉しいです。ありがとうございました。

　最後になりましたが、編集部の皆様、本書に関わってくださったすべての皆様と、いつも応援してくださる読者の皆様に感謝申し上げます。

　また、新しいお話でお目にかかれたら嬉しいです！

日車メレ

異世界で愛され姫になったら現実が変わりはじめました。

吹雪歌音――――――――――――――――――――――――――――

舞姫に転生したＯＬは砂漠の王に貪り愛される

葉月クロル――――――――――――――――――――――――――

異世界の恋人はスライム王子の触手で溺愛される

日車メレ――――――――――――――――――――――――――

墓守公爵と契約花嫁　ご先祖様、寝室は立ち入り厳禁です！

真宮奏――――――――――――――――――――――――――――

狐姫の身代わり婚 ～初恋王子はとんだケダモノ⁉～

御影りさ――――――――――――――――――――――――――

少年魔王と夜の魔王　嫁き遅れ皇女は二人の夫を全力で愛す
次期国王の決め手は繁殖力だそうです
ヤンデレ系乙女ゲームの悪役令嬢に転生したので、推しを監禁しています。

椋本梨戸――――――――――――――――――――――――――

怖がりの新妻は竜王に、永く優しく愛されました。

〈ムーンドロップス〉好評既刊発売中！

青砥あか――――

29歳独身レディが、年下軍人から結婚をゴリ押しされて困ってます。
愛玩調教 過保護すぎる飼い主の淫靡な企み

イシクロ――――

偽りの吸血姫が本物になるまで　身代わり処女は甘い楔に啼く

踊る毒林檎――――

喪女と魔獣　呪いを解くならケモノと性交⁉

かほり――――

魔界の貴公子と宮廷魔術師は、真紅の姫君を奪い合う
　～私のために戦うのはやめて‼

君想ロミヲ――――

騎士団長は処女魔王を絶頂に染める

葛餅――――

数学女子が転生したら、次期公爵に愛され過ぎてピンチです！

怜美――――

身替り令嬢は、背徳の媚薬で初恋の君を寝取る

白花かなで――――

復讐の処女は獣人王の愛に捕らわれる

月乃ひかり――――

宮廷女医の甘美な治療で皇帝陛下は奮い勃つ
軍神王の秘巫女【超】絶倫な王の夜伽は激しすぎます！
蒼き海の秘ごと～蛮族の王は攫われ姫の甘い海に沈む

天ヶ森雀――――

魔王の娘と白鳥の騎士　罠にかけるつもりが食べられちゃいました
気高き花嫁は白銀王の腕で愛欲に震える

当麻咲来――――

王立魔法図書館の［錠前］に転職することになりまして
王立魔法図書館の［錠前］は淫らな儀式に啼かされて
失神するほど愛されて　悪魔は聖姫を夜ごと悦楽に堕とす
王立魔法図書館の［錠前］は執愛の蜜獄に囚われて

兎山もなか――――

君が何度も××するから　ふしだらなスーツと眼鏡、時々エッチな夢
才川夫妻の恋愛事情　８年目の溺愛と子作り宣言
黙って私を抱きなさい！ 年上眼鏡秘書は純情女社長を大事にしすぎている
才川夫妻の恋愛事情～７年じっくり調教されました～
イケメン兄弟から迫られていますがなんら問題ありません。
編集さん（←元カノ）に謀られまして　禁欲作家の恋と欲望
清く正しくいやらしく　まじめＯＬのビッチ宣言
鳴海澪――――――――――――――――――――――――――――――
俺様御曹司に愛されすぎ　干物なリケジョが潤って!?
溺愛コンチェルト　御曹司は花嫁を束縛する
赤い靴のシンデレラ　身代わり花嫁の恋
葉月クロル――――――――――――――――――――――――――――
成約率100％の婚活アドバイザーに“すべて”教えられてしまいました
拾った地味メガネ男子はハイスペック王子！ いきなり結婚ってマジですか？
春奈真実――――――――――――――――――――――――――――――
恋舞台　Ｓで鬼畜な御曹司
日野さつき―――――――――――――――――――――――――――――
強引執着溺愛ダーリン あきらめの悪い御曹司
ひより――――――――――――――――――――――――――――――――
地味に、目立たず、恋してる。幼なじみとナイショの恋愛事情
ひらび久美―――――――――――――――――――――――――――――
辛口な上司ですが、プライベートは極甘です。ただし、私、限定で！
フォンダンショコラ男子は甘く蕩ける
恋愛遺伝子欠乏症 特効薬は御曹司!?
真坂たま―――――――――――――――――――――――――――――――
ワケあり物件契約中 ～カリスマ占い師と不機嫌な恋人
御子柴くれは――――――――――――――――――――――――――――
セレブ社長と偽装結婚　箱入り姫は甘く疼いて!?
水城のあ―――――――――――――――――――――――――――――――
禁断の誘惑に逆らえませんでした　俺様彼氏のイケナイ教え
Ｓ系厨房男子に餌付け調教されました
露天風呂で初恋の幼なじみと再会して、求婚されちゃいました!!
あなたのシンデレラ　若社長の強引なエスコート
御堂志生―――――――――――――――――――――――――――――――
欲望の視線　冷酷な御曹司は姫の純潔を瞳で奪う
エリート弁護士は不機嫌に溺愛する～解約不可の服従契約～
償いは蜜の味　Ｓ系パイロットの淫らなおしおき
年下王子に甘い服従　Ｔｏｋｙｏ王子
深雪まゆ―――――――――――――――――――――――――――――――
社内恋愛禁止　あなたと秘密のランジェリー
桃城猫緒―――――――――――――――――――――――――――――――
処女ですが復讐のため上司に抱かれます！
連城寺のあ―――――――――――――――――――――――――――――
私を（身も心も）捕まえたのは史上最強の悪魔Dr.でした
同級生がヘンタイDr.になっていました

★著者・イラストレーターへのファンレターやプレゼントにつきまして★
著者・イラストレーターへのファンレターやプレゼントは、下記の住所にお送りください。いただいたお手紙やプレゼントは、できるだけ早く著作者にお送りしておりますが、状況によって時間が掛かる場合があります。生ものや賞味期限の短い食べ物をご送付いただきますとお届けできない場合がございますので、何卒ご理解ください。

送り先
〒160-0004　東京都新宿区四谷3-14-1　UUR四谷三丁目ビル2階
（株）パブリッシングリンク
ムーンドロップス 編集部
○○（著者・イラストレーターのお名前）様

女魔王ですが、生贄はせめてイケメンにしてください

２０２０年１０月１７日　初版第一刷発行

著…………日車メレ
画…………堤
編集…………株式会社パブリッシングリンク
ブックデザイン…………百足屋ユウコ＋モンマ蚕
（ムシカゴグラフィクス）
本文ＤＴＰ…………ＩＤＲ

発行人…………後藤明信
発行…………株式会社竹書房
〒102-0072　東京都千代田区飯田橋２－７－３
電話　03-3264-1576（代表）
03-3234-6208（編集）
http://www.takeshobo.co.jp
印刷・製本…………中央精版印刷株式会社

ISBN978-4-8019-2487-1　C0193
Printed in JAPAN